Le Nommé Jeudi

GILBERT KEITH CHESTERTON

Traduction par Jean Florence, 1911

TABLE DES MATIERES

I. LES DEUX POÈTES DE SAFFRON PARK

I. Les deux poètes de Saffron Park

I

Les deux poètes de Saffron Park

Le faubourg de Saffron Park s'étendait à l'est de Londres, rouge et déchiré comme un nuage au couchant, dessinant sur le ciel une silhouette fantastique de maisons bizarres, toutes construites en briques claires. Le sol même en était étrangement tourmenté.

On devait cette création à la fantaisie d'un spéculateur audacieux, qui possédait quelque vague teinture d'art. Il qualifiait l'architecture de son faubourg tantôt de " style Elizabeth ", tantôt de " style reine Anne "; sans doute, dans sa pensée, les deux souveraines n'en faisaient qu'une.

Dans le public, on traitait ce faubourg de colonie d'artistes. Non qu'aucun art y fût particulièrement cultivé, mais l'aspect, l'atmosphère en était " artiste ".

Endroit fort agréable, d'ailleurs, si ses prétentions au titre de centre intellectuel pouvaient passer pour exagérées. L'étranger, qui jetait pour la première fois un regard sur ces curieuses maisons rouges, devait faire sans doute quelque effort d'imagination pour se représenter la structure singulière de leurs habitants. Et, s'il rencontrait l'un d'eux, son impression n'en était pas modifiée. Cet endroit était non seulement agréable, il était parfait pour peu qu'on le considérât non comme truqué mais plutôt comme un rêve. Si ce n'étaient pas des artistes qui habitaient là, l'ensemble n'en avait pas moins un caractère artiste.

Ce jeune homme, par exemple, avec ses longs cheveux châtains et sa mine impertinente, ne voyez pas en lui un poète: c'est un poème.

Ce vieux monsieur, avec sa vaste barbe sauvage et son vaste et sauvage chapeau, ce vénérable charlatan, ce n'est pas un philosophe: c'est un thème de philosophie.

Ce personnage aux apparences doctorales, au crâne chauve et brillant comme un oeuf, au long cou décharné comme celui d'un oiseau, n'a aucun droit aux dehors de savant qu'il se donne; il n'a fait aucune découverte en biologie: mais n'est-il pas lui-même la plus extraordinaire créature que puissent étudier les biologistes ?

Voilà, disons-nous, le bon point de vue d'où il convenait d'observer le faubourg de Saffron Park: non pas un atelier d'artistes, mais une oeuvre d'art, délicate et parfaite. On avait, en y entrant, l'impression qu'on allait prendre part à quelque comédie.

Ce charme de l'irréel était surtout sensible le soir, quand les toits bizarres se découpaient en valeurs sombres sur le couchant et que tout le chimérique endroit se détachait, en quelque sorte, visiblement du monde ordinaire, comme une nuée flotte dans le ciel. Ce charme était, véritablement, irrésistible les soirs de fête locale, quand de grosses lanternes vénitiennes, fruits monstrueux des arbres nains, illuminaient les jardinets.

Et ce charme fut plus sensible, plus irrésistible que jamais, un certain soir dont on se souvient encore dans le voisinage et dont le poète aux cheveux châtains fut le héros.

Il avait été, du reste, le héros de bien d'autres soirs avant celui-là. Il ne se passait guère de jour qu'on ne pût entendre, dès le crépuscule tombé, la voix haute et professorale de ce jeune homme dicter, du fond de son petit jardin, des lois à l'humanité entière, et plus particulièrement aux femmes. L'attitude des femmes, dans ces occasions, était même fort remarquable. Elles appartenaient presque toutes - je parle de celles qui habitaient le faubourg, - à la catégorie des émancipées, et faisaient en conséquence profession de protester contre la suprématie du mâle. Or, ces personnes " nouvelles "étaient toujours disposées à vous accorder cet honneur que jamais aucune femme ordinaire n'accorde à aucun homme: elles vous écoutaient tandis que vous parliez.

À vrai dire, M. Lucien Gregory méritait qu'on l'écoutât, ne fût-ce que pour rire, ensuite, de ses discours. Il débitait la vieille fable de l'anarchie de l'art et de l'art de l'anarchie avec une certaine fraîcheur, un ragoût d'insolence où l'on pouvait trouver quelque bref agrément.

L'originalité de son aspect physique le servait à souhait, et il savait en jouer, en connaissant la valeur. Ses cheveux d'un rouge sombre, séparés au milieu, étaient longs comme des cheveux de femme; ils bouclaient en décrivant les molles courbes dont les peintres préraphaélites ne manquent pas d'agrémenter les chevelures de leurs Vierges. Mais de ce cadre mystique jaillissait une face large et brutale; le menton avançait avec une expression méprisante qui sentait le cockney. Ce contraste surexcitait jusqu'à la peur une galerie de femmes neurasthéniques: elles goûtaient ce blasphème vivant, cette combinaison d'ange et de singe.

La soirée dont il s'agit restera mémorable tout au moins par son étonnant coucher de soleil. Un coucher de soleil de fin du monde. Tout le ciel paraissait couvert d'un plumage palpable et vivant. Un ciel plein de plumes, de plumes qu'on croyait sentir vous effleurer le visage. Au milieu du dôme céleste, ces plumes étaient grises, avec de bizarres touches de violet, de mauve, de rose, de vert pâle invraisemblablement. Mais il est impossible de rendre la transparence et le ton passionné de l'occident; les dernières plumes, d'un rouge feu, couvraient le soleil comme une chose trop belle pour que personne méritât de la voir. Et tout cela était si rapproché du sol qu'on ne pouvait s'expliquer le phénomène. L'empyrée tout entier semblait l'expression d'un secret impénétrable. Il était l'image et l'expression de cette splendide petitesse qui est l'âme du patriotisme local: le ciel même paraissait petit.

Les uns, donc, se rappelleront cette soirée à cause de l'oppression que faisait peser le ciel; les autres, parce qu'elle marqua l'apparition d'un second poète à Saffron Park.

Longtemps le révolutionnaire aux cheveux rouges avait régné sans rival. Le soir du fameux coucher de soleil, sa solitude prit subitement fin.

Le nouveau poète, qui se présentait sous le nom de Gabriel Syme, avait les apparences d'un mortel de moeurs fort douces. Les cheveux d'or pâle; la barbe blonde, taillée en pointe. On le soupçonnait, toutefois, assez vite d'être moins doux qu'il n'en avait l'air.

Son entrée fut signalée par un différend entre lui et le poète établi, Gregory, sur la nature même de la poésie. Syme se donna pour le poète de la Loi, le poète de l'Ordre - bien plus: le poète des Convenances. Les gens de Saffron Park le regardèrent avec stupeur, comme s'il venait de tomber de l'impossible ciel de ce soir-là.

M. Lucien Gregory, le poète anarchiste, remarqua expressément qu'il y avait entre les deux phénomènes un rapport:

- Sans doute, dit-il à sa façon brusque et lyrique, sans doute il fallait une soirée comme celle-ci, il fallait ces nuages aux couleurs cruelles pour que se montrât à la terre un monstre tel qu'un poète convenable. Vous dites que vous êtes le poète de la loi: je dis que vous êtes une contradiction dans les termes. Je m'étonne que nulle comète et pas le moindre tremblement de terre n'ait annoncé votre présence dans ce jardin.

L'homme aux doux yeux bleus et à la pâle barbe en pointe se laissa foudroyer d'un air soumis et solennel.

Une troisième personne du groupe, Rosamonde, la soeur de Gregory, qui avait des cheveux tout pareils à ceux de son frère, mais un visage plus agréable, éclata de rire, et dans le ton de ce rire, elle mit ce mélange d'admiration et de désapprobation qu'elle éprouvait pour l'oracle de la famille.

Gregory reprit, avec l'aisance et la bonne humeur d'un orateur de grand style:

- Artiste, anarchiste; personnages identiques, termes interchangeables. L'homme qui jette une bombe est un artiste, parce qu'il préfère à toutes choses la beauté d'un grand instant. Il sait qu'un jet éblouissant de lumière, un coup de tonnerre harmonieux ont plus de prix que les corps vulgaires de quelques informes policemen. L'artiste nie tous les gouvernements, abolit toutes les conventions. Le désordre, voilà l'atmosphère nécessaire du poète. Si je me trompais, il faudrait donc dire que le métropolitain de Londres est la chose la plus poétique du monde !

- Il faut le dire, en effet, répliqua Syme.

- Ridicule ! Non-sens ! s'écria Gregory qui devenait tout à coup très raisonnable dès qu'un autre se permettait devant lui quelque paradoxe.

" Pourquoi, continua-t-il, tous les employés, tous les ouvriers qui prennent le métropolitain ont-ils l'air si triste et si fatigué, si profondément triste et fatigué ? Je vais vous le dire. C'est parce qu'ils savent que le train va comme il faut. C'est parce qu'ils savent qu'ils arriveront à la station pour laquelle ils ont pris leur billet. C'est parce qu'ils savent qu'après Sloane Street la prochaine station sera Victoria et jamais une autre que Victoria. Oh ! quel ravissement, comme tous ces yeux morts jetteraient soudain des rayons, comme toutes ces âmes mornes seraient emparadisées, si la prochaine station, sans qu'on pût dire pourquoi, était Baker Street !

- C'est vous qui manquez de poésie, répliqua Syme. Si ce que vous dites des employés est vrai, c'est qu'ils sont aussi prosaïques que votre poésie. Le rare, le merveilleux, c'est d'atteindre le but; le vulgaire, le normal, c'est de le manquer. Nous admirons comme un beau poème épique qu'un homme d'une flèche tirée de son arc frappe un oiseau, loin dans le ciel. N'est-il pas tout aussi épique que l'homme au moyen d'une sauvage machine atteigne une lointaine station ? Le chaos est stupide, et, que le train aille à Baker Street ou à Bagdad ou n'importe où quand c'est à Victoria qu'il devrait aller, c'est le chaos. L'homme n'est un magicien que parce qu'il peut aller à Victoria, ayant dit: Je veux aller à Victoria. Gardez pour vous vos livres de vers ou de prose; moi, je verserai des larmes d'orgueil en lisant un horaire. Gardez votre Byron qui commémore les défaites des hommes, et donnez-moi l'horaire de Bradshaw qui raconte leurs victoires, donnez-moi l'horaire, entendez-vous !

- Allez-vous loin ? demanda Gregory sarcastique.

- Je vous l'assure, continua Syme avec ardeur, chaque fois qu'un train arrive en gare, j'ai le sentiment qu'il s'est frayé son chemin sous le feu d'innombrables batteries ennemies et que l'homme a vaincu le chaos. Vous trouvez pitoyable qu'après avoir quitté Sloane Street on arrive nécessairement à Victoria; et moi, je vous dis qu'on pourrait fort bien ne jamais arriver à Victoria, qu'il est merveilleux qu'on y arrive et qu'en y arrivant je me félicite d'avoir échappé de très près à mille malheurs. Victoria ! Ce n'est pas un mot dépourvu de sens, pour moi, quand c'est le conducteur qui le crie ! C'est pour moi le cri du héraut annonçant la victoire: la victoire d'Adam !

Gregory, lentement, branla sa lourde tête fauve, en souriant avec mélancolie.

- Et nous, dit-il, nous autres, les poètes, en arrivant à Victoria, nous nous disons: " Qu'est-ce donc que Victoria, maintenant que nous y sommes ? "Victoria vous apparaît comme la Jérusalem Nouvelle: et nous, la Jérusalem Nouvelle nous apparaît simplement comme une autre et toute pareille Victoria. Oui, même dans les rues du ciel, le poète restera mécontent. Le poète est l'éternel révolté.

- Encore une fois, s'écria Syme irrité, qu'y a-t-il de poétique dans la révolte ? Autant dire que le mal de mer est poétique ! La maladie est une révolte. Dans certains cas désespérés, il se peut que la maladie et la révolte soient des signes de santé, mais que je sois pendu si j'y vois la moindre poésie ! La révolte en elle-même est révoltante. Ce n'est qu'un vomissement.

La jeune fille, à ce mot choquant, fit la grimace, mais Syme était trop emporté pour y prendre garde.

- C'est le cours normal des choses qui est poétique ! La digestion, par exemple, qui s'accomplit à souhait dans un silence sacré, voilà le principe de toute poésie. Oui, la chose la plus poétique, plus poétique que les fleurs, plus poétique que les étoiles, la chose la plus poétique du monde, c'est de n'être point malade !

- Vraiment, observa Gregory avec hauteur, les exemples que vous choisissez…

- Je vous demande pardon, dit Syme amèrement, j'avais oublié que toutes les conventions étaient abolies entre nous.

Pour la première fois, le rouge monta au front de Gregory.

- Vous n'attendez pas de moi, fit-il, que je révolutionne la société sur cette pelouse !

Syme le regarda en face et sourit:

- Non, je ne vous demande rien de tel. C'est pourtant ce que vous feriez, je pense, si vous étiez un anarchiste sérieux.

Les gros yeux de taureau de Gregory jetèrent un éclair, et l'on aurait cru voir sa crinière fauve se hérisser.

- Vous pensez donc, s'écria-t-il d'une voix mauvaise, que je ne suis pas un anarchiste sérieux ?

- Plaît-il ? fit Syme.

- Oui ou non, suis-je un anarchiste sérieux ? interrogea Gregory en serrant les poings.

- Mon cher garçon !... dit Syme. Et il s'éloigna.

Avec surprise, mais non sans plaisir, il vit Rosamonde se lever pour l'accompagner.

- Monsieur Syme, dit-elle en le rejoignant, les gens qui parlent comme vous et mon frère pensent-ils souvent ce qu'ils disent ? Pensez-vous vous-même ce que vous venez de dire ?

Syme sourit.

- Pensez-vous vous-même ce que vous dites ? demanda-t-il.

- Comment l'entendez-vous ? fit la jeune fille, et il y avait de la gravité dans son regard.

- Chère miss Gregory, dit Syme doucement, la sincérité et l'insincérité ont bien des formes ! Quand vous dites: " Merci ! "à la personne qui vous passe le sel, pensez-vous ce que vous dites ? Quand vous dites: " La terre est ronde ", pensez-vous ce que vous dites ? Non, n'est-ce pas ? Ce que vous dites alors est vrai, mais vous ne le pensez pas. Eh bien, il arrive parfois qu'un homme comme votre frère finisse par trouver quelque chose qu'il pense réellement. Peut-être n'est-ce qu'à demi vrai, au quart, au dixième: mais il le dit avec plus de force qu'il ne le pense - à force d'y penser.

Elle le regardait de dessous ses sourcils égaux; son visage était sérieux et franc: on y lisait la préoccupation instinctive de la responsabilité, qui est au fond de la femme la plus frivole, cette sollicitude maternelle, aussi vieille que le monde.

- Enfin, interrogea-t-elle encore, est-il vraiment un anarchiste ?

- Au sens restreint que je viens de dire, oui, et ce sens est insensé.

Le front de Rosamonde se crispa, et brusquement:

- Il ne jettera donc pas de... de bombe, ou quoi que ce soit de ce genre, dit-elle.

Syme éclata d'un rire énorme qui paraissait trop fort pour sa frêle stature, d'un rire excessif pour le dandy qu'il était un peu.

- Seigneur ! s'écria-t-il, certes non ! Cela ne se fait que sous l'anonymat.

Rosamonde rit aussi. Elle pensait avec plaisir à la fois que Gregory était absurde et qu'il ne se compromettrait pas.

Ils firent quelques pas ensemble et gagnèrent un banc dans un coin du jardin. Syme continuait à développer avec abondance ses opinions. C'était un homme sincère et, malgré l'affectation de son attitude et ses grâces artificielles, un homme plein d'humilité au fond. C'est toujours l'homme humble qui parle trop; l'orgueilleux s'observe de plus près. Il défendait les convenances et la respectabilité avec violence, avec exagération. Il louait la correction, la simplicité, avec emportement. Une odeur de lilas flottait autour de lui. À un certain moment, les sons lointains d'un orgue de Barbarie lui parvinrent et il lui sembla qu'une voix mystérieuse et menue s'élevait du fond de la terre ou d'au-delà pour accompagner ses héroïques discours.

Il n'y avait, semblait-il, que quelques minutes qu'il parlait ainsi, sans perdre du regard la fauve chevelure de la jeune fille, quand, songeant tout à coup qu'en un pareil endroit les couples ne devaient pas s'isoler, il se leva. À sa grande surprise, il vit que le jardin était désert. Tout le monde était parti. Il se retira à son tour, en présentant rapidement ses excuses.

La tête lui pesait, comme s'il avait bu un peu trop de Champagne - ce qu'il ne put, dans la suite, s'expliquer. Dans les incroyables événements qui allaient se produire, la jeune fille n'avait aucun rôle; Syme ne devait pas la revoir avant le dénouement de l'aventure. Et pourtant, à travers ces folles aventures, sans qu'on pût dire comment, elle ne cessait de revenir, comme un leitmotiv, la gloire de son étrange chevelure fauve transparaissait à travers les tendres tapisseries mal tissées de la nuit: car ce qui suivit fut si invraisemblable qu'aussi bien eût-ce pu être un rêve.

Ayant gagné la rue qu'éclairaient les étoiles, Syme la trouva déserte. Puis, il se rendit compte obscurément que le silence était vivant. Juste en face de la porte qui venait de se fermer derrière lui, brillait la lumière d'un réverbère, jetant un éclat d'or sur les feuilles de l'arbre qui dépassaient la grille. À un pied, à peu près, du réverbère se tenait un homme, presque aussi droit et immobile que le réverbère lui-même. Le grand chapeau et la longue redingote étaient noirs; le visage, dans l'ombre, paraissait noir aussi. À quelques mèches de cheveux rouges qui dépassaient les bords du chapeau et à je ne sais quoi d'agressif dans l'attitude, Syme reconnut le poète Gregory. Il avait un peu l'air d'un bravo attendant, l'épée à la main, son ennemi.

Il esquissa un salut équivoque, que Syme lui rendit plus correctement.

- Je vous attendais, dit Gregory. Pourrais-je vous parler un instant ?

- Certainement. Et de quoi ? demanda Syme avec une nuance d'étonnement.

Gregory frappa de sa canne le réverbère, puis un arbre voisin.

- De ceci, répondit-il, et de ceci: de l'ordre et de l'anarchie. Voici cet ordre qui vous est si cher; c'est cette mince lampe de fer, laide et stérile. Et voici l'anarchie, riche, vivante, féconde, voilà l'anarchie dans sa splendeur verte et dorée.

- Et pourtant, répliqua Syme avec patience, en ce moment même vous ne pouvez voir l'arbre qu'à la lumière de la lampe. Pourriez-vous jamais voir le réverbère à la lumière de l'arbre ?

Puis, après un silence:

- Me permettez-vous de vous demander si vous êtes resté ici, dans l'obscurité, uniquement pour reprendre notre petite discussion ?

- Non ! cria Gregory, et sa voix remplit la rue. Je ne vous ai pas attendu pour reprendre notre discussion, mais pour y mettre fin à jamais.

Le silence retomba. Syme, sans y rien comprendre, s'apprêtait à écouter, s'attendant à quelque chose de sérieux. Gregory commença, sur un ton singulièrement radouci, avec un sourire inquiétant:

- Monsieur Syme, ce soir, vous avez réussi quelque chose d'assez remarquable. Vous avez fait ce que, jusqu'à cette heure, personne, ni homme ni femme, n'était encore parvenu à faire.

- Vraiment !

- Attendez, reprit Gregory pensif. Maintenant que j'y songe, il me semble que quelqu'un y est parvenu avant vous. C'était le capitaine d'un bateau-mouche, si mes souvenirs sont exacts, à Southend. Monsieur Syme, vous m'avez irrité.

- Je le regrette profondément, dit Syme avec gravité.

- Je crains, continua Gregory, très calme, que ma fureur et votre insulte ne soient trop grandes l'une et l'autre pour que des excuses puissent les faire oublier. Un duel ne les effacerait pas. Votre mort ne les effacerait pas. Il n'y a qu'un moyen d'en détruire la trace et je vais l'employer. Je vais vous prouver, au prix peut-être de ma vie et de mon honneur, que vous avez eu tort de dire ce que vous avez dit.

- Qu'ai-je dit ?

- Vous avez dit que je ne suis pas un anarchiste sérieux.

- Il y a des degrés dans le sérieux, répliqua Syme. Je n'ai jamais douté de votre parfaite sincérité, en ce sens que vous jugiez vos paroles bonnes à dire, que vous recouriez au paradoxe pour réveiller les esprits et les ouvrir à quelque vérité négligée.

Gregory le regardait fixement, avec douleur.

- Et vous ne me croyez pas sérieux en un autre sens encore ? Vous me prenez pour un oisif, pour un flâneur qui laisse parfois tomber de ses lèvres quelque vérité, par hasard ? Vous ne me croyez pas plus profondément sérieux, en un sens plus fatal ?

Syme frappa violemment de sa canne les pavés de la rue.

- Sérieux ! s'écria-t-il. Eh ! bon Dieu ! qu'y a-t-il de sérieux dans cette rue, dans les lanternes vénitiennes et dans toute la boutique ? On arrive ici, on parle à tort et à travers… Peut-être aussi dit-on quelques paroles sensées; mais je n'aurais pas haute opinion d'un homme qui ne saurait se réserver à l'arrière-plan de son existence quelque chose de plus sérieux que de telles conversations, - oui, quelque chose de plus sérieux, que ce soit une religion, ou seulement de l'ivrognerie !

- Fort bien, dit Gregory, et son visage s'assombrissait: vous allez voir quelque chose de plus sérieux qui n'est ni l'ivrognerie ni la religion.

Syme attendit, avec son expression familière de douceur extrême, que Gregory ouvrît de nouveau la bouche.

- Vous venez de parler de religion. Est-il donc vrai que vous en ayez une ?

- Oh ! répondit Syme, le visage épanoui d'un grand sourire, nous sommes tous catholiques aujourd'hui.

- Eh bien ! puis-je vous prier de jurer par tous les dieux ou par tous les saints de votre religion que vous ne révélerez à aucun des fils d'Adam, particulièrement aux gens de la police, ce que je vais vous dire ? Le jurez-vous ? Si vous prenez cet engagement solennel, si vous consentez à charger votre âme d'un serment que, du reste, vous ne devriez pas prononcer, et de certaines connaissances auxquelles vous ne devriez pas même rêver, moi, de mon côté, je vous promets...

- Que me promettez-vous ? demanda Syme, comme l'autre s'interrompait.

- Je vous promets une soirée vraiment amusante.

Syme aussitôt enleva son chapeau.

- L'offre que vous me faites est trop séduisante pour que je la décline. Vous prétendez que tout poète est un anarchiste. Ce n'est pas mon avis. Mais j'espère, du moins, que tout poète est un galant homme. Ici et maintenant, je vous jure, foi de chrétien, et je vous promets en bon camarade et compagnon d'art que je ne rapporterai rien de tout ceci - quoi que ce soit - à la police. Et maintenant, au nom de Colney Hatch, de quoi s'agit-il ?

- Je pense, dit Gregory avec placidité, que nous allons prendre un cab.

Il siffla deux fois, longuement; un cab ne tarda pas à se ranger au pied du réverbère. Ils prirent place, en silence, sur la banquette. Gregory donna au cocher l'adresse d'un bar obscur, situé au bord de la rivière du côté de Chiswick. Le cab partit d'un trait. Ainsi les deux fantasques poètes quittèrent le fantastique faubourg.

II. LE SECRET DE GABRIEL SYME

☐

II. Le secret de Gabriel Syme

II

Le secret de Gabriel Syme

Le cab s'arrêta devant un bar particulièrement sale et répugnant, où Gregory se hâta d'introduire son compagnon. Ils s'assirent, dans une sorte d'arrière-boutique sombre et mal aérée, devant une table de bois souillée, portée par un pied de bois unique.

La pièce était si mal éclairée qu'il était impossible de distinguer les traits du garçon; Syme n'eut que l'impression vague de quelque chose de puissant, de massif, de barbu.

- Voulez-vous prendre un léger souper ? demanda Gregory, affable. Le pâté de foie gras n'est pas fameux ici; mais je peux vous recommander le gibier.

Syme ne broncha pas, croyant à une plaisanterie, et, dans la même veine d'humour, avec le ton détaché d'un homme bien élevé:

- Donnez-moi plutôt une langouste à la mayonnaise, dit-il.

À sa grande surprise, il entendit le garçon lui répondre:

- Bien, monsieur.

Et il le vit s'éloigner, sans doute pour aller chercher ce qu'on venait de lui demander.

- Que boirez-vous ? reprit Gregory. Pour moi, je ne prendrai qu'une crème de menthe; j'ai dîné. Mais le Champagne de cette maison n'est pas à dédaigner. Commencez, du moins, par une demi-bouteille de pommery.

- Merci, fit Syme impassible. Bien aimable...

Il essaya de renouer la conversation; mais il fut interrompu, dès la première phrase, par la soudaine apparition de la langouste. Il la goûta, la trouva excellente et se mit à manger de bon appétit.

- Vous m'excuserez si je ne vous cache pas mon plaisir, dit-il à Gregory, gaîment. Je n'ai pas souvent la chance de rêver comme aujourd'hui. Car ce n'est pas un fait banal qu'un cauchemar aboutisse à une langouste. D'ordinaire c'est le contraire qui arrive.

- Mais vous ne dormez pas, je vous l'assure ! Vous approchez même du moment le plus vivant et le plus poignant de votre existence... Ah ! voici votre Champagne... Je conviens qu'il peut y avoir, disons une certaine disproportion entre l'organisation intérieure de cet excellent hôtel et ses dehors simples et sans prétention. Ce contraste est un effet de notre modestie. Car nous sommes les gens les plus modestes qu'il y ait jamais eu au monde.

- Et qui sommes-nous ? demanda Syme en vidant son verre.

- Mais, c'est tout simple: nous sommes ces anarchistes sérieux auxquels vous refusez de croire.

- Vraiment ! dit Syme, sèchement, vous vous fournissez très bien en vins.

Et, après un silence, Gregory ajouta:

- Oui. Nous sommes sérieux en tout. - Et il continua: - Si, dans quelques instants, cette table se met à tourner un peu, n'attribuez pas le phénomène au Champagne que vous avez bu. Je ne voudrais pas que vous vous fissiez injure.

- Eh bien, dit Syme parfaitement calme, si je ne suis pas ivre, je suis fou. Mais je pense que je saurai me conduire convenablement dans l'un et l'autre cas. Puis-je fumer ?

- Certainement !

Et Gregory tira un étui de sa poche. Syme choisit un cigare, en coupa la pointe avec un coupe-cigare qu'il tira de la poche de son gilet, le porta à la bouche, l'alluma lentement et exhala un épais nuage de fumée. Il eût pu être fier d'avoir accompli ces rites avec tant de sérénité, car, pendant ce temps, la table s'était mise à tourner, lentement d'abord, puis très vite, comme à quelque folle séance de spiritisme.

- Ne faites pas attention, dit Gregory, c'est une espèce de tire-bouchon.

- C'est cela même, consentit Syme, toujours placide, une espèce de tire-bouchon. Que cela est donc simple !

Le moment d'après, la fumée de son cigare, qui avait flotté jusqu'alors dans la pièce en serpentant, prit une direction verticale, comme si elle montait d'un tuyau d'usine, et les deux hommes, avec leurs chaises et leur table, s'enfoncèrent à travers le plancher. Ils descendirent par une sorte de cheminée mugissante, avec la rapidité d'un ascenseur dont le câble aurait été coupé et s'arrêtèrent brusquement. Mais quand Gregory eut ouvert deux portes et qu'une rouge lumière souterraine se fut produite, Syme n'avait pas cessé de fumer, une jambe repliée sur l'autre, et pas un cheveu n'avait bougé sur sa tête.

Gregory le conduisit par un passage bas et voûté, au bout duquel brillait la lumière rouge. C'était une énorme lanterne de couleur écarlate, presque aussi grande qu'une cheminée, et fixée à une petite et lourde porte de fer. Il y avait dans cette porte une sorte de grillage ou de judas. Gregory y frappa cinq coups. Une lourde voix à l'accent étranger lui demanda qui il était. Il fit à cette question cette réponse plus ou moins inattendue:

- M. Joseph Chamberlain.

C'était évidemment le mot de passe. Les gonds puissants se mirent à tourner.

De l'autre côté de la porte, le passage étincelait comme s'il eût été tapissé d'acier. Syme eut bientôt constaté que cette tapisserie étincelante était faite de rangées superposées de fusils et de revolvers.

- Je vous prie d'excuser ces formalités, dit Gregory. Nous sommes obligés à la plus grande prudence…

- Ne vous excusez pas, protesta Syme. Je sais quelle passion vous avez pour l'ordre et la loi.

Et il s'engagea dans le passage garni d'armes d'acier. Avec ses longs cheveux blonds et sa redingote à la mode, il faisait une curieuse figure, singulièrement fragile, comme il passait par cette rayonnante avenue de mort.

Ils traversèrent plusieurs corridors pareillement décorés et aboutirent enfin à une chambre d'acier aux parois courbes. De forme presque sphérique, cette pièce, meublée de bancs parallèlement rangés, n'était pas sans analogie avec un amphithéâtre académique. Il n'y avait là ni pistolets ni fusils; mais les murs étaient garnis d'objets autrement redoutables, et qui ressemblaient à des bulbes de plantes métalliques, à des oeufs de métalliques oiseaux… C'étaient des bombes, et la pièce elle-même semblait l'intérieur d'une bombe.

Syme, en entrant, fit tomber la cendre de son cigare contre l'un de ces engins meurtriers.

- Et maintenant, cher monsieur Syme, dit Gregory en s'asseyant avec négligence sous la plus grosse bombe, maintenant que nous sommes vraiment à l'aise, causons comme il faut. Il n'y a pas de mots pour définir le sentiment auquel j'ai obéi en vous amenant ici. C'est un sentiment impérieux, fatal, comme celui qui vous obligerait à sauter du haut d'un rocher ou à tomber amoureux. Il me suffira de vous rappeler que vous avez été irritant au-delà de toute expression. Il faut d'ailleurs vous rendre cette justice que vous l'êtes encore, j'aurais vingt fois juré de me taire que je violerais vingt fois mon serment, pour le seul plaisir de vous faire baisser le ton d'un cran. Votre manière d'allumer un cigare induirait un prêtre à rompre le sceau de la confession… Vous vous disiez donc tout à fait persuadé que je ne suis pas un anarchiste sérieux. La pièce où nous sommes vous paraît-elle sérieuse, oui ou non ?

- Elle semble, en effet, cacher quelque moralité sous la gaîté de ses apparences, reconnut Syme. Mais, puis-je vous poser deux questions ? Ne craignez pas de me renseigner, puisque, très prudemment, vous m'avez extorqué la promesse de ne rien rapporter à la police. Vous savez assez que, cette promesse, je la tiendrai. C'est donc par simple curiosité que je vous questionne. Et d'abord, que signifie tout cela ? Quel est votre but ? Avez-vous le projet d'abolir le gouvernement ?

- Nous avons l'intention d'abolir Dieu ! déclara Gregory en ouvrant tout grands ses yeux de fanatique. Il ne nous suffirait pas de détruire quelques despotes ou de déchirer quelques règlements de police. Cette sorte d'anarchisme existe, il est vrai, mais ce n'est qu'une branche du non-conformisme. Nous creusons plus profond, et nous vous ferons sauter plus haut. Nous voulons effacer toutes vos distinctions arbitraires entre vice et vertu, honneur et vilenie, auxquelles de simples révoltés s'appuient et s'attardent. Les sentimentaux stupides qui firent la Révolution française parlaient des droits de l'homme ! Nous détestons, nous, les droits comme les torts. Nous avons aboli le tort et le droit.

- Et la droite et la gauche ? dit Syme avec candeur, je pense que vous les abolirez aussi. Quant à moi, la droite et la gauche m'inquiètent beaucoup plus que le tort et le droit.

- Vous annonciez une seconde question, fit Gregory sèchement.

- Avec plaisir. Dans tout ce que vous faites, dans tout ce qui nous entoure, je vois une savante recherche du mystère. J'avais une tante qui habitait au-dessus d'un magasin, mais c'est la première fois que je vois des gens vivre sous un bar. Vous avez une lourde porte de fer. Vous ne pouvez vous la faire ouvrir sans vous soumettre à l'humiliation de vous appeler M. Chamberlain. Vous vous entourez d'instruments d'acier qui donnent à ce lieu un aspect, si je puis m'exprimer ainsi, plutôt guerrier que bourgeois. Comment donc, d'une part, vous cachez-vous dans les entrailles de la terre, et, d'autre part, étalez-vous au grand jour votre secret en professant l'anarchie devant toutes les péronnelles de Saffron Park ?

- Ma réponse sera bien simple, dit Gregory en souriant. Je vous ai dit que je suis un anarchiste sérieux et vous ne m'avez pas cru: elles ne me croient pas non plus. Tant que je ne les aurai pas introduites dans cette chambre infernale, elles ne me croiront pas.

Syme fumait, songeur, regardant Gregory avec intérêt.

- Comment s'appelle-t-il ? demanda Syme.

- Si je vous disais son nom, vous ne le connaîtriez pas. Et c'est là le secret de sa grandeur. Un César, un Napoléon dépensent tout leur génie à faire parler d'eux; ils y réussissent. Il met, lui, tout son génie à ne pas parler de lui, et l'on ne parle pas de lui. Mais il est impossible d'être pendant cinq minutes en sa présence sans avoir l'impression que César et Napoléon auraient été des enfants entre ses mains.

Gregory se tut brusquement. Il avait pâli.

- Ses conseils, reprit-il, ont toujours ce double caractère: ils sont à la fois piquants, surprenants comme une épigramme et pratiques comme la Banque d'Angleterre. " Comment dois-je me déguiser ? "lui demandai-je. " Comment me cacher aux yeux du monde ? Que trouverai-je de plus respectable que les évêques et les commandants ? "Il tourna vers moi son grand visage indéchiffrable: " Il vous faut un déguisement sûr, n'est-ce pas ? Il vous faut une tenue qui vous garantisse comme un être parfaitement inoffensif, un vêtement d'où nul ne s'attende à voir sortir une bombe, n'est-ce pas ? "J'inclinai la tête, en signe d'assentiment. " Eh bien ! déguisez-vous en anarchiste, espèce d'imbécile ! "Et il rugissait si fort que les murs en tremblaient. " Personne ne soupçonnera que vous puissiez faire le moindre mal. "Sans un mot de plus, il se détourna, et je ne vis plus que ses larges épaules. J'ai suivi son conseil, et je n'ai jamais eu lieu de le regretter. J'ai prêché l'anarchie devant ces femmes, nuit et jour, et, Seigneur ! elles m'auraient donné à conduire leurs voitures d'enfants.

De ses grands yeux bleus, Syme considérait Gregory avec un certain respect.

- Je m'y suis laissé prendre, dit-il. C'est bien joué.

Et après un silence il ajouta:

- Comment appelez-vous ce terrible président ?

- Nous l'appelons Dimanche, répondit Gregory avec simplicité. Le Conseil anarchiste central se compose de sept membres, qui portent les noms des sept jours de la semaine. Nous l'appelons Dimanche, certains de ses admirateurs ajoutent Dimanche de sang. Il est curieux que la conversation nous amène à ce sujet, car, ce soir même, où vous venez, pour ainsi dire, de nous tomber du ciel, notre section de Londres va se réunir dans cette pièce pour élire son député au Conseil central. L'homme qui a joué pendant quelque temps, et à la satisfaction générale, le rôle difficile de Jeudi, est mort subitement. Nous avons, en conséquence, convoqué pour ce soir un meeting en vue de le remplacer.

Il se leva et se mit à arpenter la chambre, avec un sourire embarrassé puis, négligemment:

- Syme, j'ai en vous une confiance pour ainsi dire filiale. Je sens que je puis m'ouvrir à vous sans réticence, puisque vous m'avez promis d'être discret. J'ai envie de vous faire une confidence que je ne ferais pas aux anarchistes qui seront ici dans dix minutes. On va voter, ici, dans une dizaine de minutes; mais c'est, autant dire, pour la forme.

Il baissa les yeux modestement.

- Il est à peu près entendu d'avance que, Jeudi, c'est moi.

- Mon cher ami ! s'écria Syme cordialement, je vous félicite ! Quelle belle carrière !

Gregory sourit pour décliner ces politesses et reprit sa promenade.

- Tout est préparé pour moi sur cette table. La cérémonie ne sera pas longue.

Syme s'approcha de la table que désignait Gregory. Il y avait une canne à épée, un revolver Colt, une boîte à sandwichs et une énorme bouteille de brandy. Sur une chaise, près de la table, s'étalait une ample pèlerine.

- Je n'ai qu'à attendre la fin de ce scrutin, continua Gregory avec animation, puis je prendrai cette pèlerine et ce gourdin, j'emporterai ce revolver, cette boîte et cette bouteille, et je sortirai de cette caverne par une porte qui donne sur la rivière. Là m'attend un petit bateau à vapeur, et alors… Alors ! Oh ! la folle joie d'être Jeudi !

Et, de joie, il joignait les mains.

Syme, qui avait repris de son air de langoureuse impertinence sa place sur le banc, se leva de nouveau. L'expression toujours insolente de sa physionomie se nuançait d'une hésitation qui ne lui était pas familière.

- Pourquoi donc, je me le demande, Gregory, ai-je de vous cette opinion que vous êtes un charmant garçon ? Pourquoi donc ai-je pour vous, Gregory, positivement, de l'amitié ?

Il se tut, puis, avec une curiosité sincère et passionnée:

- Serait-ce parce que vous êtes tellement âne ?

Il y eut un nouveau silence, plein de pensées, puis Syme s'écria:

- Nom de Dieu ! c'est bien ici la situation la plus comique où je me sois trouvé de ma vie, et je vais agir en conséquence. Gregory, je vous ai fait une promesse avant de venir ici. Je tiendrai cette promesse, fût-ce sous des tenailles ardentes. Me feriez-vous, en vue de ma propre sécurité, une promesse du même genre ?

- Une promesse ? dit Gregory, étonné.

- Oui, dit Syme très sérieusement, une promesse. J'ai juré devant Dieu de ne pas révéler votre secret à la police. Voulez-vous jurer, au nom de l'humanité, ou de quelque chose en quoi vous croyiez, de ne pas révéler mon secret aux anarchistes ?

- Votre secret ? Vous avez un secret ?

- Oui, j'ai un secret… Jurez-vous ?

Gregory le regarda fixement, avec gravité, longtemps, et, tout à coup:

- Il faut que vous m'ayez ensorcelé ! s'écria-t-il. Mais vous excitez furieusement ma curiosité. Oui, je jure de ne rien dire aux anarchistes de ce que vous me direz. Mais dépêchez-vous, car ils peuvent être ici d'une minute à l'autre.

Syme, avec lenteur, fourra ses longues mains blanches dans les poches de son pantalon gris. Au même instant, cinq coups furent frappés au judas, annonçant l'arrivée des premiers conspirateurs.

- Eh bien, commença Syme sans se presser, je ne saurais exprimer la vérité plus brièvement qu'en vous disant ceci: votre expédient de vous déguiser en inoffensif poète n'est pas connu seulement de vous et de votre président. Il y a quelque temps que nous en sommes informés, à Scotland Yard.

Gregory, par trois fois, tenta de sauter en l'air, sans y parvenir.

- Que dites-vous ? fit-il d'une voix qui n'avait rien d'humain.

- C'est vrai, dit Syme avec simplicité, je suis un détective. Mais il me semble que voici venir vos amis.

On entendait un murmure de " Joseph Chamberlain ". Le mot fut répété, deux, trois fois d'abord, puis une trentaine de fois et l'on entendit la foule des Joseph Chamberlain - auguste et solennelle image - qui arrivaient par le corridor.

III. JEUDI

☐

III. Jeudi

III

Jeudi

Avant qu'aucun des nouveaux venus eût paru Gregory s'était ressaisi. D'un bond, avec un rugissement de bête sauvage, il fut auprès de la table, saisit le revolver et mit Syme en joue.

Syme, sans s'émouvoir, leva d'un geste poli sa main pâle:

- Ne soyez pas ridicule, dit-il avec une dignité ecclésiastique. Ne voyez-vous pas que c'est inutile ? Ne voyez-vous pas que nous sommes embarqués tous les deux dans le même bateau ? J'ajoute que nous avons passablement le mal de mer l'un et l'autre, par-dessus le marché.

Gregory ne pouvait parler; il ne pouvait davantage faire feu. Et ce qu'il eût voulu dire et ne pouvait, ses yeux le disaient.

- Ne voyez-vous pas que vous m'avez fait mat et que je vous ai fait mat ? reprit Syme. Je ne puis vous dénoncer à la police comme anarchiste. Vous ne pouvez me dénoncer aux anarchistes comme policier. Je ne puis faire qu'une chose: vous surveiller, sachant qui vous êtes, et, de votre côté, vous n'avez qu'une chose à faire: me surveiller, sachant qui je suis. En somme, c'est un duel intellectuel, sans témoins. Ma tête contre la vôtre. Je suis un policier privé de l'appui de la police officielle. Vous, mon pauvre ami, vous êtes un anarchiste privé de l'appui de cette loi, de cette organisation qui est essentielle à l'anarchie. Entre nous une seule différence, toute à votre

23

avantage: vous n'êtes pas entouré de policiers curieux; je suis entouré d'anarchistes indiscrets. Je ne peux vous trahir, mais je peux me trahir moi-même. Allons, courage ! Prenez patience, et attendez que je me trahisse: je le ferai si joliment !

Gregory déposa le pistolet, les yeux toujours fixés sur Syme, comme s'il eût vu en lui quelque horrible monstre marin.

- Je ne crois pas, articula-t-il enfin, à l'immortalité; mais si, après ce qui vient de se passer, vous manquiez à votre parole, Dieu ferait un enfer exprès pour vous, afin que vous y puissiez grincer des dents pendant l'éternité.

- Je ne manquerai pas à ma parole et vous ne manquerez pas à la vôtre, répliqua Syme. Voici vos amis.

Les anarchistes entraient, d'un pas lourd, un peu glissant et las. Un petit homme à barbe noire, portant lorgnon -, un homme du genre à peu près de M. Tim Healy - se détacha du groupe et s'avança, des papiers à la main.

- Camarade Gregory, dit-il, je suppose que cet homme est un délégué ?

Gregory, surpris à l'improviste, baissa les yeux et murmura le nom de Syme. Mais Syme, d'un ton presque impertinent:

- J'ai vu avec plaisir, fit-il, que votre porte est bien gardée et qu'il serait impossible à tout autre qu'un délégué de pénétrer chez vous.

Pourtant les sourcils du petit homme à barbe noire restaient froncés, et le soupçon était visible dans son regard interrogateur.

- Quelle section représentez-vous ? demanda-t-il sur un ton cassant, ou quelle branche ?

- Ce n'est pas précisément une branche, corrigea Syme en riant, ce serait plutôt une racine.

- Que voulez-vous dire ?

- Je veux dire que je suis un Sabbatarien. J'ai été envoyé ici pour m'assurer que vous rendez à Dimanche les honneurs qui lui sont dus.

Le petit homme laissa tomber un de ses papiers. Un frisson d'épouvante crispait tous les visages. Évidemment, le président Dimanche envoyait quelquefois de ces ambassadeurs irréguliers aux réunions des sections.

- Eh bien, camarade, dit le petit homme, je pense que nous ferons bien de vous donner un siège à notre réunion ?

- Si c'est un conseil amical que vous me demandez, répliqua Syme avec une bienveillance sévère, je vous dirai que c'est ce que vous avez de mieux à faire.

Quand il put s'assurer que le dangereux dialogue avait pris fin et que son rival était en sécurité, Gregory reprit sa promenade de long en large, pour méditer. Il était en proie aux affres de la diplomatie. Il voyait bien que Syme, grâce à sa présence d'esprit et à son impudence, saurait se tirer de toutes les difficultés; rien, donc, à espérer de ce côté. Quant à lui-même, Gregory, il ne pouvait trahir Syme, partie par honneur, partie par prudence: qu'il le trahît, en effet, et que, pour une raison ou pour une autre, il ne parvînt pas à l'anéantir, le Syme qui s'échapperait serait un Syme affranchi de toute obligation et qui s'en irait directement au poste le plus voisin. Après tout, il ne s'agissait que d'une séance de délibération, en présence d'un seul policier. Gregory veillerait à ne pas laisser discuter les plans secrets, cette nuit-là, puis il laisserait Syme partir et attendrait le résultat..

Il revint vers les anarchistes, qui commençaient à prendre place sur les bancs.

- Il est temps de commencer, à ce qu'il me semble, dit-il. Le bateau à vapeur attend. Je propose que le camarade Buttons prenne la présidence.

On approuva à mains levées, et le petit homme au lorgnon prit possession du siège présidentiel.

- Camarades, débuta-t-il d'une voix crépitante comme une décharge de pistolet, notre réunion de ce soir est importante, mais elle pourra être brève. Notre section a toujours eu l'honneur d'élire Jeudi au Conseil central européen. Nous avons élu un grand nombre de fameux Jeudis. Nous déplorons tous la mort du travailleur héroïque qui occupait encore ce poste la semaine dernière. Vous savez qu'il a rendu à la cause des services considérables. C'est lui qui organisa le grand coup de dynamite de Brighton: en des circonstances plus favorables, ce beau coup eût détruit toutes les personnes qui se trouvaient alors sur la jetée. Sa mort, vous le savez aussi, ne fut pas moins altruiste que sa vie. Il est le martyr de sa foi en une mixture hygiénique de chaux et d'eau qu'il substituait au lait, estimant que la consommation de cette boisson barbare est un attentat cruel contre les vaches. La cruauté, tout ce qui de près ou de loin ressemble à la cruauté, indigna toujours cet homme excellent. Mais nous ne sommes pas ici pour louer ses vertus; notre tâche est plus difficile. Il serait malaisé de proportionner l'éloge à ses mérites; il l'est bien plus encore de lui trouver un successeur digne de lui. C'est à vous, camarades, qu'il appartient de désigner, parmi les membres de cette assemblée, le nouveau Jeudi. Si quelqu'un prononce un nom, je le soumettrai au vote. Si aucun n'est proposé, il me restera à déclarer que ce cher dynamiteur a emporté dans les abîmes de l'inconnaissable le secret de la vertu et de l'innocence.

II y eut un mouvement discret, des applaudissements à peine perceptibles, comme il s'en produit parfois à l'église. Puis, un grand vieillard à longue barbe blanche, peut-être le seul véritable ouvrier qui se trouvât dans l'assistance, se leva péniblement et dit:

- Je propose que le camarade Gregory soit élu comme Jeudi.

Et péniblement il se rassit.

- Y a-t-il quelqu'un pour appuyer cet avis ? demanda le président.

Un petit homme à barbiche pointue déclara qu'il partageait l'avis du préopinant.

- Avant de soumettre cette proposition au vote, je prierai le camarade Gregory de faire sa profession de foi, dit le président.

Gregory se dressa au milieu d'un grand tapage d'applaudissements. Son visage était si mortellement pâle que, par contraste, le rouge de ses cheveux paraissait écarlate. Mais il souriait avec aisance. Il avait pris son parti, et la conduite qu'il avait à suivre était devant lui comme une route blanche. Le mieux n'était-il pas, en effet, de prononcer un discours ambigu et doucereux ? Le détective en garderait l'impression que la fraternité anarchiste, somme toute, ne constituait pas pour la société un réel danger. Gregory avait confiance en son habileté professionnelle de littérateur. Il saurait suggérer de fines nuances et choisir les mots. Il saurait, en s'y prenant bien, donner à l'intrus une idée sublimement fausse de l'Institution. Syme avait dit que les anarchistes, malgré leurs airs de bravi, n'étaient que des sots ou des plaisantins: à l'heure du danger, Gregory allait solidement rétablir dans la pensée du détective cette illusion.

- Camarades, prononça-t-il d'une voix basse et pénétrante, je n'ai guère besoin de vous dire quelle est ma ligne de conduite, puisqu'elle est la vôtre. Notre foi a été calomniée, défigurée, elle a été victime des pires confusions, elle a été dissimulée, mais elle n'a jamais changé. Ceux qui parlent de l'anarchie et de ses dangers sont allés chercher leurs informations partout et n'importe où, excepté ici, chez vous, à la source même. Ils connaissent l'anarchie par les journaux, par les romans à douze sous. Ils connaissent l'anarchie d'après Ally Slopers Half-Holiday, d'après le Sporting Times. Ils ne connaissent pas l'anarchie par les anarchistes. On ne nous donne jamais l'occasion de faire justice des mensonges sous lesquels, d'un bout à l'autre de l'Europe, on nous accable. Ceux qui entendent dire que nous sommes des plaies vivantes ignorent ce que nous pouvons répondre à cette accusation. Et ils l'ignoreront ce soir encore, après que j'aurai parlé, et même si ma voix passionnée parvenait à percer ces murs et ce plafond. Car, c'est seulement ici, sous terre, que les persécutés peuvent se réunir, comme jadis les chrétiens, dans les catacombes. Mais si, par quelque incroyable hasard, il se trouvait, ce soir, parmi nous, un homme qui nous ait, toute sa vie durant, méconnus, je lui demanderais: Les chrétiens, quand ils se cachaient dans les catacombes, de quelle réputation jouissaient-ils, là-haut dans la rue ? De quelles atrocités les Romains bien élevés ne les accusaient-ils pas ? Admettez, lui dirais-je, supposez pour un instant que nous nous bornons à reproduire ce grand paradoxe historique qui est un mystère aujourd'hui encore. Nous sommes répugnants ? Les chrétiens passaient pour tels, et c'est que nous sommes inoffensifs, comme ils l'étaient. Nous sommes des fous ? On traitait les chrétiens aussi de fous, précisément parce qu'ils étaient très doux.

Les applaudissements qui avaient salué le prélude s'étaient faits de plus en plus rares, et les dernières paroles de Gregory tombèrent dans un profond silence. Tout à coup on entendit la voix criarde de l'homme à la jaquette de velours.

- Je ne suis pas doux ! vociférait-il.

- Le camarade Witherspoon, reprit Gregory, nous assure qu'il n'est pas doux. Comme il se connaît mal ! Sans doute, son langage est extravagant, son aspect féroce décourage la sympathie des gens pressés qui jugent sur la mine. J'en conviens. Mais au regard pénétrant d'un ami comme moi ne saurait se dérober la couche profonde de solide douceur qui est au fond de ce caractère, couche si profonde que lui-même il ne peut la voir. Je le répète, nous sommes les vrais chrétiens primitifs; seulement, nous arrivons trop tard. Nous sommes simples comme ils étaient simples; voyez plutôt le camarade Witherspoon ! Nous sommes modestes comme ils étaient modestes: voyez-moi ! Nous sommes pleins d'indulgence et de bonté…

- Non ! non ! criait Witherspoon.

- Je dis que nous pardonnons à nos ennemis, poursuivit Gregory furieux, tout comme les premiers chrétiens. Cela n'empêchait pas qu'on les accusât de manger de la chair humaine. Nous ne mangeons pas de la chair humaine…

- Ô honte ! interrompit Witherspoon. Pourquoi pas ?

- Le camarade Witherspoon, dit Gregory avec une gaîté forcée, voudrait savoir pourquoi nous ne mangeons pas de chair humaine ! (On rit.) Dans notre société du moins où il est aimé, dans notre société qui est fondée sur l'amour…

- Non ! hurla Witherspoon, à bas l'amour !

- Sur l'amour, répéta Gregory en grinçant des dents, il ne saurait y avoir de controverses ni de dissentiments sur les fins que nous devons collectivement poursuivre et que je poursuivrais s'il m'était donné de représenter notre corps. Superbement indifférents aux calomnies qui font de nous des assassins, des ennemis du genre humain, nous poursuivrons courageusement notre oeuvre de fraternité en exerçant sur nos contemporains une pression légale et purement intellectuelle.

Gregory reprit sa place en s'épongeant le front. Tout le monde se taisait. Il s'était fait un silence gêné.

Le président se leva comme un automate et dit, d'une voix blanche:

- Quelqu'un s'oppose-t-il à la candidature du camarade Gregory ?

L'assemblée paraissait hésitante, déconcertée dans son subconscient. Le camarade Witherspoon s'agitait en murmurant dans sa barbe des mots incompréhensibles.

Pourtant par la seule force de l'inertie et de la routine, l'élection de Gregory allait être assurée, le président ouvrait déjà la bouche pour prononcer les syllabes sacramentelles, quand Syme proféra, dans le silence de tous, avec douceur, ces mots:

- Monsieur le Président, je fais opposition.

L'effet oratoire le plus puissant provient d'un changement inattendu dans le ton. M. Gabriel Syme connaissait, assurément cette loi de la rhétorique:

après avoir articulé la formule d'un ton calme et avec une laconique simplicité, il éleva subitement la voix, si haut que cette voix se brisait et se répercutait sous les voûtes comme si l'un des fusils était parti.

- Camarades, s'écria-t-il d'une voix telle que chacun trembla dans ses bottes, camarades ! Est-ce pour cela que nous sommes venus ici ? Vivons-nous sous terre comme des rats pour entendre cela ? C'est là de l'éloquence qui nous conviendrait si nous allions, les jours de fête, manger des gâteaux dans les écoles du dimanche ! Avons-nous fait de ces murs un râtelier d'armes, avons-nous barricadé cette porte avec des engins de mort pour empêcher les gens de venir écouter les homélies du camarade Gregory ? " Soyez bons et vous serez heureux... L'honnêteté est la meilleure politique... La vertu est sa propre récompense... "Il n'y a pas eu un mot, dans le discours du camarade Gregory, qu'un vicaire n'eût applaudi avec plaisir (Écoutez ! Écoutez !) Moi je ne suis pas un vicaire (Applaudissements) et je n'ai pas entendu le camarade Gregory avec plaisir. (Nouveaux applaudissements.) L'homme qui ferait un bon vicaire ne saurait être le Jeudi qu'il nous faut, actif, résolu, implacable ! (Très bien ! Très bien !) Le camarade Gregory nous a dit, sur le ton de l'apologie, que nous ne sommes pas les ennemis de la Société. Et moi, je dis que nous sommes les ennemis de la Société, parce que la Société est l'ennemie de l'Humanité, son ennemie antique et impitoyable. (Très bien !) Le camarade Gregory nous a dit, toujours sur le ton de l'apologie, que nous ne sommes pas des assassins: là-dessus, je suis d'accord avec lui. Nous ne sommes pas des assassins, nous sommes des exécuteurs ! (Applaudissements.)

Depuis que Syme parlait, Gregory le considérait, stupide d'ahurissement. Dans le silence qui se fit après les applaudissements, ses lèvres pâlies s'entrouvrirent et il dit, très distinctement, mais comme si sa volonté n'eût point participé à son acte:

- Abominable hypocrite !

Syme fixa, un instant, son regard clair sur les yeux épouvantés de Gregory et reprit, avec dignité:

- Le camarade Gregory m'accuse d'hypocrisie. Il sait pourtant aussi bien que moi que je tiens mes engagements et que je ne fais que mon devoir. Je ne mâche pas les mots. Je ne sais pas mâcher les mots. Je dis que le camarade Gregory ne saurait être un bon Jeudi, en dépit des qualités qui nous le rendent cher. Il en est incapable précisément à cause de ces aimables qualités. Nous ne voulons pas d'un Conseil Suprême de l'Anarchie infecté de cette charité larmoyante. (Très bien !) Le temps n'est pas aux cérémonies courtoises, le temps n'est pas à la modestie cérémonieuse. Je me présente contre le camarade Gregory, comme je me présenterais contre tous les gouvernements d'Europe, parce que l'anarchiste qui s'est donné tout entier à l'anarchie ne connaît pas plus la modestie qu'il ne connaît l'orgueil. (Applaudissements.) Je ne suis pas un individu; je suis une Cause !

(Nouveaux applaudissements.) Je me présente contre le camarade Gregory avec autant de calme et de désintéressement que je mettrais à choisir dans ce râtelier un pistolet de préférence à un autre. Oui, plutôt que de laisser entrer au Conseil Suprême un Gregory, avec ses méthodes édulcorées, je m'offre à vos suffrages...

La péroraison se noya sous une cataracte d'applaudissements. Les physionomies s'étaient faites de plus en plus énergiques et approbatives à mesure que la parole de Syme devenait plus violente. Elles étaient maintenant crispées par l'attente de ses promesses, des cris de volupté retentissaient. Quand il se déclara prêt à prendre le rôle de Jeudi, on lui répondit par un tonnerre d'assentiment et il fut impossible de maîtriser l'émotion.

Au même moment Gregory se dressa sur ses pieds, l'écume aux lèvres, en couvrant de ses clameurs la clameur unanime:

- Halte-là ! Insensés ! Halte-là !

Mais Syme reprit la parole, en criant plus fort que la clameur de l'assistance.

- Je n'irai pas au Conseil pour réfuter la calomnie qui fait de Vous des assassins: j'irai pour la mériter moi-même. (Applaudissements nourris et prolongés.) Au prêtre qui dit que nous sommes les ennemis de la religion, au juge qui dit que nous sommes les ennemis de la loi, au gras parlementaire qui dit que nous sommes les ennemis de l'ordre, à tous ceux-là je répondrai: Vous êtes de faux rois mais des prophètes véridiques. Je viens accomplir vos prophéties en vous anéantissant !

La clameur enthousiaste s'éteignit peu à peu, mais avant même qu'elle eût cessé, Witherspoon, cheveux et barbe au vent, s'était dressé et avait déclaré:

- Je propose, sous forme d'amendement, que le camarade Syme soit nommé au poste vacant.

- Halte-là et que tout cela finisse, vous dis-je ! hurlait Gregory en faisant des gestes fous. Tout cela n'est que...

Le président, d'un ton glacé, lui coupa la parole, et répéta: " Y a-t-il quelqu'un pour appuyer cet amendement ? "Un homme long et maigre, la barbiche à l'américaine et la mine fatiguée, se leva lentement au dernier banc.

- Que tout cela finisse ! répéta Gregory.

Tandis qu'auparavant il criait comme une femme, il s'était fait maintenant un changement dans son ton, et c'était plus effrayant que s'il eût crié. Les syllabes tombaient lourdes de sa bouche, comme des pierres:

- Écoutez ! Je vais mettre fin à tout cela: Cet homme ne saurait être élu par vous. C'est un...

- Eh bien ? demanda Syme, impassible, eh bien ! C'est un... quoi ?

Gregory fit deux fois, sans y parvenir, un grand effort pour prononcer un mot, un certain mot, puis on vit le sang lentement affluer à son visage jusqu'alors mortellement pâle.

- Cet homme ne connaît rien à notre oeuvre, dit-il enfin, il manque totalement d'expérience...

Et il se laissa tomber sur son banc. Avant qu'il se fût assis, l'individu long et maigre à la barbiche à l'américaine s'était de nouveau dressé.

- Je suis favorable à l'élection du camarade Syme, répétait-il de sa voix nasillarde.

- L'amendement sera donc présenté à vos suffrages, déclara le président: il s'agit de savoir si le camarade Syme...

- Camarades ! gémit Gregory, qui s'était dressé à son tour, je ne suis pas fou !

- Oh ! oh ! protesta Witherspoon.

- Je ne suis pas fou ! répéta Gregory avec l'accent d'une si émouvante sincérité que l'assemblée en fut, un instant, ébranlée. Je ne suis pas fou; mais je vais vous donner un conseil que vous pourrez juger fou s'il vous plaît. Bien plus, ce n'est pas un conseil, puisque je ne puis alléguer en sa faveur aucune raison. Je dirai donc que c'est un ordre, et je vous adjure de m'obéir. Dites que cet ordre est fou, mais suivez-le ! Frappez-moi, si vous voulez, mais écoutez-moi ! Tuez-moi, mais obéissez-moi ! Ne votez pas pour cet homme !

La vérité est si terrible, même enchaînée, qu'on sentit aussitôt vaciller comme un roseau la précaire et insensée victoire de Syme. Mais on ne s'en serait pas aperçu à voir les yeux bleus de Syme. Il se contenta de dire:

- Le camarade Gregory ordonne...

Et le charme fut rompu, et un des anarchistes demanda à Gregory:

- Qui êtes-vous ? Vous n'êtes pas Dimanche !

Et un autre ajouta d'une voix plus grave:

- Vous n'êtes pas Jeudi non plus.

- Camarades ! s'écria Gregory et sa voix était celle d'un martyr qui, par excès de douleur, ne sent plus la douleur. Camarades ! Que m'importe que vous détestiez en moi un tyran ou un esclave ? Si vous repoussez mes ordres, écoutez mes abjectes prières ! Je m'agenouille devant vous, je me jette à vos pieds, je vous implore: ne déléguez pas cet homme.

- Camarade Gregory, observa le président, après un faible intervalle, votre attitude manque vraiment de dignité.

Pour la première fois depuis le début de la séance, il y eut quelques secondes de silence absolu. Gregory s'assit péniblement; ce n'était plus qu'une épave humaine, et le président reprit, comme une horloge remontée:

- Il s'agit de savoir si le camarade Syme sera élu pour remplir le poste de Jeudi au Conseil central.

Une clameur s'éleva, pareille à celle de la mer. Les mains se dressaient comme les arbres d'une forêt. Trois minutes après, M. Gabriel Syme, de la Police secrète, était délégué en qualité de Jeudi au Conseil central des Anarchistes d'Europe.

Chacun, dans la salle, semblait avoir conscience du bateau qui attendait sur la rivière, de la canne à épée et du revolver qui attendaient sur la table. Dès que Syme eut reçu le document qui authentiquait son élection, tous se levèrent, et les assistants se disséminèrent dans la salle en groupes animés. Syme se trouva à l'improviste face à face avec Gregory, qui le regardait avec haine. Ils se regardèrent en silence.

- Vous êtes un démon ! murmura enfin Gregory.
- Vous êtes un honnête homme ! répliqua Syme, gravement.
- C'est vous qui m'avez forcé à...

Gregory ne put achever; il tremblait des pieds à la tête.

- Soyez raisonnable, fit Syme avec autorité. Pourquoi m'avez-vous amené dans cet infernal parlement ? Vous avez exigé mon serment avant que j'exigeasse le vôtre. Sans doute, nous agissons l'un et l'autre selon l'idée que nous nous faisons du bien et du mal. Mais, de votre conception à la mienne, il y a une si formidable distance que nous ne saurions admettre de compromis. Il ne peut y avoir entre nous que l'honneur et la mort.

Et il jeta sur ses épaules la grande pèlerine en saisissant la bouteille.

- Le bateau est prêt, dit le président, s'interposant. Ayez la bonté de me suivre.

D'un pas traînant qui révélait en lui un boutiquier, le président Buttons précéda Syme, par un couloir étroit et blindé de fer. Gregory les suivait, tout frémissant, les talonnant presque.

Au bout du couloir, Buttons ouvrit une porte, découvrant la perspective bleu et argent de la rivière sous les rayons de la lune. C'était comme un décor de théâtre. Le long de la rive se tenait tout noir le petit bateau à vapeur, pareil à quelque jeune dragon à l'oeil rouge, unique. Sur le point d'y monter, Gabriel Syme, dont le visage était dans l'ombre, se retourna vers Gregory:

- Vous avez tenu votre parole, dit-il doucement, vous êtes un homme d'honneur, et je vous remercie. Vous avez tenu votre parole jusqu'au bout et dans les moindres détails. Je pense particulièrement à la promesse que vous m'avez faite au début de toute cette affaire, et que vous avez tenue.

- Que voulez-vous dire ? Que vous ai-je promis ?

- Une soirée bien intéressante, répondit Syme en montant dans l'embarcation.

Et, comme elle prenait sa course, il fit de sa canne à épée le salut militaire à Gregory.

IV. L'HISTOIRE D'UN DÉTECTIVE

☐

IV. L'histoire d'un détective

IV

L'histoire d'un détective

Gabriel Syme n'était pas simplement un policier déguisé en poète: c'était vraiment un poète qui s'était fait détective. Il n'y avait pas trace d'hypocrisie dans sa haine de l'anarchie. Il était un de ceux que la stupéfiante folie de la plupart des révolutionnaires amène à un conservatisme excessif. Ce n'était pas la tradition qui l'y avait amené. Son amour des convenances avait été spontané et soudain. Il tenait pour l'ordre établi par rébellion contre la rébellion.

Il sortait d'une famille d'originaux, dont les membres les plus anciens avaient toujours eu sur toutes choses les notions les plus neuves. L'un de ses oncles avait l'habitude de ne jamais se promener que sans chapeau. Un autre avait essayé, d'ailleurs sans succès, de ne s'habiller que d'un chapeau. Son père était artiste, et cultivait son moi. Sa mère était férue d'hygiène et de simplicité. Il en résulta que, durant son âge tendre, l'enfant ne connut pas d'autre boisson que ces deux extrêmes: l'absinthe et le cacao; il en conçut, pour l'une et pour l'autre, un dégoût salutaire. Plus sa mère prêchait une abstinence ultra-puritaine, plus son père préconisait une licence ultra-païenne, et, tandis que l'une imposait chez elle le végétarisme, l'autre n'était pas loin de prendre la défense du cannibalisme.

Entouré qu'il était depuis son enfance par toutes les formes possibles de la révolte, il était fatal que Gabriel se révoltât aussi contre quelque chose ou en faveur de quelque chose. C'est ce qu'il fit en faveur du bon sens, ou du sens commun. Mais il avait dans ses veines trop de sang fanatique pour que sa conception du sens commun fût tout à fait sensée.

Un accident exaspéra sa haine du moderne anarchisme.

Il traversait je ne sais quelle rue de Londres au moment où une bombe y éclata. Il fut d'abord aveuglé, assourdi, puis, la fumée se dissipant, il vit des fenêtres brisées et des figures ensanglantées. Depuis lors, il continua de vivre, en apparence, comme par le passé, calme, poli, de manières douces; mais il y avait, dans son esprit, un endroit qui n'était plus parfaitement normal et sain. Il ne considérait pas, ainsi que la plupart d'entre nous, les anarchistes comme une poignée de détraqués combinant l'ignorance et l'intellectualisme. Il voyait dans leurs doctrines un immense danger social, quelque chose de comparable à une invasion chinoise.

Il déversait sans répit dans les journaux, et aussi dans les paniers des salles de rédaction, un torrent de nouvelles, de vers et de violents articles, où il dénonçait ce déluge de barbarie et de négation. Mais, malgré tant d'efforts, il ne parvenait pas à atteindre son ennemie, ni même, ce qui est plus grave, à se faire une situation sociale.

Quand il se promenait sur les quais de la Tamise, mordant amèrement un cigare à bas prix et méditant sur les progrès de l'Anarchie, il n'y avait pas d'anarchiste, bombe en poche, plus sauvage d'aspect que ce solitaire ami de l'ordre. Il se persuadait que le gouvernement, la société étaient isolés, dans une situation désespérée, au pied du mur. Il ne fallait rien moins que cette situation désespérée pour apitoyer ce Don Quichotte.

Ce soir-là, le soleil se couchait dans le sang. L'eau rouge reflétait le ciel rouge, et, dans le ciel et dans l'eau, Syme reconnaissait la couleur de sa colère. Le ciel était si chargé et le fleuve si brillant que le ciel pâlissait auprès du flot de feu liquide, s'écoulant à travers les vastes cavernes d'une mystérieuse région souterraine.

Syme, à cette époque, manquait d'argent. Il portait un chapeau haut de forme démodé, un manteau noir et déchiré encore plus démodé, et cette tenue lui donnait l'air des traîtres de Dickens et de Bulwer Lytton. Sa barbe et ses cheveux blonds se hérissaient. On n'eût guère pressenti en ce personnage léonin, le parfait gentleman qui, longtemps après, devait pénétrer dans les jardinets de Saffron Park; entre ses dents serrées il tenait un long cigare noir qu'il avait acheté quatre sous dans Soho, il ressemblait assez à l'un de ces anarchistes contre lesquels il menait la guerre sainte.

C'est peut-être pourquoi un policeman, en faction sur les quais, s'approcha de lui et lui dit:

- Bonsoir.

Syme, en raison des inquiétudes maladives que lui causait le sort précaire de l'humanité, fut interloqué par la placide assurance de l'automatique factionnaire qui faisait dans le crépuscule une large tache bleue.

- En vérité, dit-il d'un ton cassant, le soir est-il si bon ou si beau ? Pour vous autres, la fin du monde aussi serait un beau soir... Mais voyez donc ce soleil rouge sang sur le fleuve rouge sang ! Je vous le dis: ce fleuve charrierait du sang humain, des flots lumineux de sang, que vous seriez là comme vous êtes ce soir, solide et calme, occupé à guetter quelque pauvre vagabond inoffensif, pour le faire circuler. Vous autres policemen, vous êtes cruels pour les pauvres ! Encore vous pardonnerais-je votre cruauté. C'est votre calme qui est intolérable.

- Si nous sommes calmes, répliqua le policeman, c'est le calme de la résistance organisée.

- Comment ? fit Syme en le regardant fixement.

- Il faut que le soldat reste calme au fort de la bataille, continua le policeman. Le calme d'une armée est fait de la furie d'un peuple.

- Dieu bon ! s'écria Syme, voilà l'enseignement qu'on donne dans les écoles ! Est-ce là ce qu'on appelle l'éducation non confessionnelle et égale pour tous ?

- Non, fit tristement le policeman, je n'ai pas eu le bénéfice d'une telle éducation. Les Boardschools sont venues après moi. L'éducation que j'ai reçue fut très sommaire, et maintenant elle serait très démodée, je le crains.

- Où l'avez-vous reçue ? demanda Syme étonné.

- Oh ! dit le policeman, à Harrow.

Les sympathies de classe qui, pour fausses qu'elles soient, sont pourtant chez bien des gens ce qu'il y a de moins faux, éclatèrent dans Syme avant qu'il pût les maîtriser.

- Seigneur ! Mais vous ne devriez pas être dans la police.

Le policeman secoua la tête et soupira:

- Je sais, dit-il solennellement, je ne suis pas digne.

- Mais pourquoi y être entré ? interrogea Syme assez indiscrètement.

- À peu près pour la même raison qui vous la fait calomnier. J'ai reconnu qu'il y a dans cette organisation des emplois pour ceux dont les inquiétudes touchant l'humanité visent les aberrations du raisonnement scientifique plutôt que les éruptions normales et, malgré leurs excès, excusables, des passions humaines. Je crois être clair.

- Si vous prétendez dire que votre pensée est claire pour vous, je veux bien le croire; mais quant à vous expliquer clairement, c'est ce que vous ne faites pas du tout. Comment se fait-il qu'un homme comme vous vienne parler philosophie sous un casque bleu, sur les quais de la Tamise ?

- Il est évident que vous n'êtes pas informé des récents développements de notre système de police, répliqua l'autre. Je n'en suis pas surpris, d'ailleurs, car nous les cachons à la classe cultivée, où se recrutent la plupart de nos ennemis. Mais il me semble que vous avez des dispositions... que vous pourriez être des nôtres...

- Être des vôtres ! demanda Syme, et pourquoi ?

- Je vais vous dire... Voici la situation. Depuis longtemps le chef de notre Division, l'un des plus fameux détectives d'Europe, estime qu'une conspiration intellectuelle, purement intellectuelle, ne tardera pas à menacer l'existence même de la civilisation: la Science et l'Art ont entrepris une silencieuse croisade contre la Famille et l'État. C'est pourquoi il a créé un corps spécial de policemen philosophes. Leur rôle est de surveiller les initiateurs de cette conspiration, de les surveiller non seulement par les moyens dont nous disposons pour réprimer les crimes, mais de les surveiller et de les combattre aussi par la polémique, par la controverse. Je suis, pour mon compte, un démocrate, et je sais très bien quel est, dans le peuple, le niveau normal du courage et de la vertu. Mais il serait peu prudent de confier à des policemen ordinaires des recherches qui constituent une chasse aux hérésies.

Une curiosité sympathique allumait le regard de Syme.

- Que faites-vous donc ? demanda-t-il.

- Le rôle du policeman philosophe, répondit l'homme en bleu, exige plus de hardiesse et de subtilité que celui du détective vulgaire. Celui-ci va dans les cabarets borgnes arrêter les voleurs. Nous nous rendons aux " thés artistiques "pour y dénicher les pessimistes. Le détective vulgaire découvre, en consultant un grand livre, qu'un crime a été commis. Nous, nous diagnostiquons, en lisant un recueil de sonnets, qu'un crime va être commis. Notre mission est de monter jusqu'aux origines de ces épouvantables pensées qui inspirent le fanatisme intellectuel et finissent par pousser les hommes au crime intellectuel. C'est ainsi que nous arrivâmes juste à temps pour empêcher l'assassinat de Hartlepool, et cela uniquement parce que M. Wilks, notre camarade, un jeune homme très habile, sait pénétrer à merveille tous les sens d'un triolet.

- Pensez-vous qu'il y ait vraiment un rapport aussi étroit entre l'intellect moderne et le crime ?

- Vous n'êtes pas assez démocrate, répondit le policeman, mais vous aviez raison de dire, tout à l'heure, que nous traitons trop brutalement les criminels pauvres. Je vous assure que le métier, s'il se réduisait à persécuter les désespérés et les ignorants, me dégoûterait. Mais notre nouveau mouvement est tout autre chose. Nous donnons un démenti catégorique à cette théorie des snobs anglais selon laquelle les illettrés sont les criminels les plus dangereux. Nous nous souvenons des princes empoisonneurs de la Renaissance. Nous prétendons que le criminel dangereux par excellence, c'est le criminel bien élevé. Nous prétendons que le plus dangereux des criminels, aujourd'hui, c'est le philosophe moderne, affranchi de toutes les lois. Comparés à lui, le voleur et le bigame sont des gens d'une parfaite moralité. Combien mon coeur les lui préfère ! Ils ne nient pas l'essentiel idéal de l'homme. Tout leur tort est de ne pas savoir le chercher où il est Le voleur respecte la propriété; c'est pour la respecter mieux encore qu'il désire devenir propriétaire. Le philosophe déteste la propriété en soi: il veut détruire l'idée même de la propriété individuelle. Le bigame respecte le mariage, et c'est pourquoi il se soumet aux formalités, cérémonies et rites de la bigamie. Le philosophe méprise le mariage en soi. L'assassin même respecte la vie humaine: c'est pour se procurer une vie plus intense qu'il supprime son semblable. Le philosophe hait la vie, la vie en soi; il la hait en lui-même comme en autrui.

- Comme cela est vrai ! s'écria Syme en battant des mains. C'est ce que j'ai pensé dès mon enfance; mais je n'étais pas parvenu à formuler l'antithèse verbale. Oui, tout méchant qu'il soit, le criminel ordinaire est du moins, pour ainsi dire, conditionnellement un brave homme. Il suffirait qu'un certain obstacle - disons un oncle riche - fût écarté pour qu'il acceptât l'univers tel qu'il est et louât Dieu. C'est un réformateur; ce n'est pas un anarchiste. Il veut réparer l'édifice, il ne veut pas le démolir. Mais le mauvais philosophe ne se propose pas de modifier: il veut anéantir. Oui, la société moderne a gardé de la police ce qui en est vraiment oppressif et honteux. Elle traque la misère, elle espionne l'infortune. Elle renonce à cette oeuvre autrement utile et noble: le châtiment des traîtres puissants dans l'État, des hérésiarques puissants dans l'Église. Les modernes nient qu'on ait le droit de punir les hérétiques. Je me demande, moi, si nous avons le droit de punir qui que ce soit qui ne l'est pas.

- Mais c'est absurde ! fit le policeman avec une ardeur peu commune chez les personnes de sa profession et de sa corpulence. Mais c'est intolérable ! J'ignore quel métier vous faites, mais quel qu'il soit, je sais que vous manquez votre vocation. Il faut que vous vous enrôliez dans notre brigade de philosophes antianarchistes, et vous le ferez. L'armée de nos ennemis est à nos frontières. Ils vont tenter un grand coup. Un instant de plus et vous manquez la gloire de travailler avec nous, la gloire, peut-être, de mourir avec les derniers héros du monde.

- Certes ! dit Syme, l'occasion est rare et précieuse. Pourtant, je ne comprends pas encore tout à fait. Je sais comme tout un chacun que le monde moderne est plein de petits hommes sans lois et de petits mouvements insensés. Mais tout dégoûtants qu'ils soient, ils ont généralement le mérite d'être en désaccord les uns avec les autres. Comment pouvez-vous parler d'une armée organisée par eux et du coup qu'ils sont sur le point de frapper ? Qu'est-ce que cette anarchie-là ?

- Ne la cherchez pas, expliqua le police-man, dans ces explosions de dynamite qui se produisent au hasard, en Russie ou en Irlande, actes de gens sans doute mal inspirés, mais réellement opprimés. Le vaste mouvement dont je parle est philosophique, et l'on y distingue un cercle intérieur et un cercle extérieur. On pourrait même désigner le cercle extérieur par le mot " laïc "et le cercle intérieur par le mot " sacerdotal ". Je préfère ces deux étiquettes, plus claires: section des Innocents et section des Criminels. Les premiers, les plus nombreux, sont de simples anarchistes, des gens convaincus que les lois et les formules ont détruit le bonheur de l'humanité. Ils croient que les sinistres effets de la perversité sont produits par le système précisément qui admet la notion de la perversité. Ils ne croient pas que le crime engendre la peine: ils croient que la peine engendre le crime. Pour eux, le séducteur, après avoir séduit sept femmes, serait aussi irréprochable que les fleurs du printemps. Selon eux, le pickpocket aurait l'impression d'être d'une exquise bonté. Voilà ma section des Innocents.

- Oh ! fit Syme.

- Naturellement, ces gens-là parlent de l'heureux temps qui s'annonce, d'un avenir paradisiaque d'une humanité délivrée du joug de la vertu et du vice, etc. Ceux du cercle intérieur, du cercle sacerdotal, tiennent le même langage. Eux aussi, devant les foules délirantes, parlent de félicité future, de délivrance finale. Mais, dans leur bouche - et ici le policeman baissa la voix - ces mots ont un sens épouvantable. Car ils ne se font pas d'illusions; ils sont trop intelligents pour croire que l'homme, en ce monde, puisse jamais être tout à fait libéré du péché originel et de la lutte. Ils pensent à la mort. Quand ils parlent de la délivrance finale de l'humanité, ils pensent au suicide de l'humanité. Quand ils parlent d'un paradis sans mal et sans bien, ils pensent à la tombe. Ils n'ont que deux buts: détruire les autres hommes, puis se détruire eux-mêmes. C'est pourquoi ils lancent des bombes au lieu de tirer des coups de revolver. La foule des Innocents est désappointée parce que la bombe n'a pas tué le roi, mais les Grands-Prêtres se réjouissent, parce que la bombe a tué quelqu'un.

- Que dois-je faire pour être des vôtres ? demanda Syme passionnément.

- Je sais qu'il y a une vacance en ce moment, ayant l'honneur d'être un peu dans les confidences du chef dont je vous ai parlé. Voulez-vous venir le voir ? Ou plutôt je ne dis pas que vous le verrez, personne ne l'ayant jamais vu, mais vous pourrez causer avec lui, si vous voulez.

- Par le téléphone, donc ?

- Non. Il a la fantaisie de vivre dans une chambre très obscure. Il dit que ses pensées en sont plus lumineuses. Venez avec moi.

Passablement abasourdi et considérablement intrigué, Syme se laissa conduire jusqu'à une porte ménagée dans le long corps de bâtiment de Scotland Yard. Sans presque se rendre compte de ce qui lui arrivait, il passa par les mains de quatre employés intermédiaires et, subitement, il fut introduit dans une pièce dont l'obscurité totale fit sur sa rétine une impression identique à celle de la plus vive lumière. Car ce n'était pas cette obscurité ordinaire où les formes s'estompent vaguement: Syme eut la sensation qu'il venait d'être frappé de cécité.

- C'est vous la nouvelle recrue ? interrogea une voix puissante.

Et, mystérieusement, bien qu'il ne pût percevoir dans ces ténèbres l'ombre même d'une forme humaine, Syme eut conscience de deux choses: d'abord, que la voix était celle d'un homme de massive stature, puis, que cet homme lui tournait le dos.

- C'est vous la nouvelle recrue ? répéta le chef, qui semblait être au courant de tout. C'est bien. Vous êtes enrôlé.

Syme, qui sentait ses jambes se dérober sous lui, se défendit faiblement contre l'irrévocable.

- Je n'ai, à vrai dire, aucune expérience, balbutia-t-il.

- Personne n'a aucune expérience, répondit la voix, de la bataille d'Armaggedon.

- Mais… Je suis tout à fait incapable.

- Vous avez la bonne volonté. Cela suffit.

- Pardon, mais… je ne connais aucun métier où la bonne volonté soit suffisante…

- J'en connais un, moi: celui de martyr. Je vous condamne à mort. Bonjour.

C'est ainsi qu'un instant après Gabriel Syme, toujours coiffé de son misérable chapeau noir et toujours vêtu de son misérable manteau d'outlaw, reparut à la lumière rouge du soir en qualité de membre du nouveau corps de détectives, organisé en vue de faire avorter la grande conspiration. Sur le conseil de son ami le policeman, qui était par sa profession enclin à la propreté, il se fit peigner la barbe et les cheveux, acheta un chapeau décent, un délicieux complet d'été bleu-gris, mit une fleur d'un jaune pâle à sa boutonnière, et devint, en un mot, ce jeune homme d'une élégance un peu insupportable que Gregory devait rencontrer dans son petit jardin de Saffron Park.

Avant qu'il quittât définitivement l'hôtel de la police, son ami le pourvut d'une carte bleue qui portait cette inscription: " La Dernière Croisade ", et un numéro; c'était le signe de son autorité. Il la plaça soigneusement dans la poche supérieure de son gilet, alluma une cigarette et se mit à la poursuite de l'ennemi à travers tous les salons de Londres.

Nous avons vu où son aventure finit par l'amener: vers une heure et demie, une nuit de février, il voyageait dans une légère embarcation sur la Tamise. Armé de la canne à épée et du revolver, il était le Jeudi régulièrement élu au Conseil central anarchiste.

En s'embarquant sur le petit vapeur, il lui sembla qu'il abordait dans quelque chose d'entièrement neuf, non pas seulement dans un nouveau pays, mais dans une nouvelle planète. Cette impression lui venait sans doute de la décision insensée mais irrévocable qui venait de modifier sa destinée; le changement du ciel et du temps, depuis qu'il était entré, deux heures auparavant, dans la petite taverne, y était aussi toutefois pour quelque chose. Plus de traces de plumages affolés: seule et nue, la lune régnait dans le ciel nu. Une lune puissante et pleine, plutôt comparable à un soleil pâli qu'à une lune normale; et cela suggérait l'idée d'un jour mort plutôt que celle d'une belle nuit de lune. Sur tout le paysage se répandait cette décoloration lumineuse et irréelle, ce crépuscule de désastre que Milton a observé pendant les éclipses de soleil. En sorte que Syme se confirma dans cette pensée, qu'il était bien sur une autre planète, moins vivante que la nôtre, gravitant autour d'une étoile plus triste que la nôtre.

Mais, plus profondément il ressentait cette désolation du clair de lune, plus sa folie chevaleresque brûlait en lui comme un grand feu. Jusqu'aux choses communes qu'il portait dans ses poches, sandwiches, brandy, pistolet chargé, s'animaient de cette poésie concrète et matérielle dont s'exalte un enfant, quand il emporte un fusil à la promenade ou un gâteau dans son lit. La canne à épée et la gourde de brandy, ces obligatoires et ridicules accessoires de tout conspirateur, devenaient pour lui l'expression de son propre romantisme. La canne à épée, c'était le glaive du chevalier, et le brandy, le coup de l'étrier ! - Car les fantaisies modernes, même les plus déshumanisées, se réfèrent toujours à quelque symbole ancien et simple. Que l'aventure soit folle tant qu'on voudra, il faut que l'aventurier ait le bon sens. Sans saint Georges, le dragon n'est même pas grotesque. De même, ce paysage hostile ne sollicitait l'imagination que grâce à la présence d'un homme véritable. À l'imagination excessive de Syme, les maisons et les terrasses lumineuses et désolées dont la Tamise était bordée paraissaient aussi désertes, aussi tristement désertes que les montagnes de la Lune. Mais la Lune elle-même ne serait pas poétique, s'il n'y avait un homme dans la Lune.

En dépit des efforts des deux mariniers qui dirigeaient l'embarcation, elle n'avançait que lentement. Le clair de lune qui avait brillé à Chiswick s'éteignit à Battersea, et, quand on arriva sous la masse énorme de Westminster, le jour commençait à poindre. De grandes barres de plomb apparurent dans le ciel, puis s'effacèrent sous des barres d'argent qui prirent bientôt l'éclat du métal chauffé à blanc. L'embarcation, changeant de cours, se dirigea vers un grand escalier, un peu au-delà de Charing Cross.

Les grandes pierres du quai apparurent, gigantesques et sombres, opposant leur masse noire à la blanche aurore. Syme crut aborder aux marches colossales de quelque palais d'Égypte. L'idée lui plut. Ne pensait-il pas, en effet, monter à l'assaut des trônes massifs où siégeaient d'horribles rois païens ! Il sauta à terre et se tint un instant immobile sur la dalle humide et glissante, sombre et fragile figure perdue dans cet immense amas de pierres de taille.

Les deux hommes firent reculer le bateau et commencèrent à remonter le fleuve. Pendant toute la durée du voyage, ils n'avaient pas prononcé une parole.

LE NOMMÉ JEUDI

V. LE REPAS ÉPOUVANTABLE

☐

V. Le repas épouvantable

V

Le repas épouvantable

Tout d'abord, Syme crut l'escalier de pierre désert comme une pyramide. Mais, avant d'avoir atteint le dernier degré, il se rendit compte qu'il y avait un homme accoudé au parapet, et que cet homme regardait le fleuve. Son aspect était très ordinaire. Il portait un chapeau de soie et une redingote correcte; il avait une fleur rouge à la boutonnière. De marche en marche, la distance diminuait entre eux; l'homme ne bougeait pas. Syme put l'approcher d'assez près pour observer, à la pâle lumière du matin, que la figure de l'inconnu était longue, blême, intelligente et se terminait par une touffe de barbe noire, les lèvres et les joues étant soigneusement rasées, et ces quelques poils semblaient oubliés là, par simple négligence. Cette figure anguleuse, ascétique, noble à sa façon, était de celles auxquelles la barbe ne sied pas.

Et, tout en faisant ces remarques, Syme se rapprochait toujours; et l'homme restait toujours immobile.

Au premier regard, Syme avait eu l'intuition que cet homme était là pour l'attendre. Puis, ne lui voyant faire aucun signe, il avait cru s'être trompé. Mais, de nouveau, il revenait à la certitude que cet homme devait jouer un rôle dans sa folle aventure. Un individu frôlé, presque, par un étranger ne reste pas à ce point immobile et calme sans raison. Il était aussi inerte et à

43

peu près aussi énervant, par là même, qu'une poupée de cire. Syme considérait toujours cette figure pâle, délicate et digne, dont le regard éteint ne se détournait pas de la rivière, et tout à coup, tirant de sa poche le document qui lui conférait le titre de Jeudi, il le mit sous les yeux tristes et doux de l'inconnu. Alors, celui-ci sourit, d'un sourire inquiétant, d'un sourire " d'un seul côté ", qui haussait la joue droite et abaissait la gauche.

Raisonnablement, toutefois, il n'y avait là rien d'effroyable. Bien des gens ont ce tic nerveux, ce rictus grimaçant, et il en est même chez qui c'est une grâce. Mais, dans les circonstances où se trouvait Syme, sous l'influence de cette aurore menaçante, avec la mission meurtrière dont il était chargé, dans la solitude de ces grandes pierres ruisselantes, il reçut de cet accueil une impression étrange, qui le glaça, qui le paralysa. Ce fleuve silencieux, cet homme silencieux, au visage classique... Et, comme touche finale au cauchemar, ce sourire grimaçant.

Mais cette grimace s'effaça instantanément, et la physionomie de l'anarchiste reprit son expression d'harmonieuse mélancolie. Sans plus de questions ni d'explications, il parla comme on parle à un vieux collègue.

- En nous dirigeant tout de suite vers Leicester Square, dit-il, nous arriverons juste à temps pour déjeuner. Dimanche tient beaucoup à déjeuner de bon matin. Avez-vous dormi ?

- Non.

- Moi non plus, répondit l'autre d'une voix égale. Je tâcherai de dormir après déjeuner.

Il parlait avec une civilité négligente, mais d'une voix extrêmement monotone qui faisait un vif contraste avec l'ardeur fanatique de sa physionomie. On eût juré qu'il s'acquittait de ces gestes et propos de bonne grâce comme d'insignifiantes obligations, et qu'il ne vivait que de haine. Après un silence, il reprit:

- Sans nul doute, le président de la section vous a dit tout ce qu'il pouvait vous dire. Mais la seule chose qu'on ne puisse jamais dire, c'est la dernière idée de Dimanche car ses idées se multiplient comme les végétations d'une forêt tropicale. Pour le cas où vous ne le sauriez pas, je vous dirai donc qu'il a résolu de nous cacher en ne nous cachant pas du tout. Au début, naturellement, nous nous réunissions sous terre, dans une cave, comme font les membres de votre section. Puis, Dimanche nous convoqua dans un cabinet de restaurant Il disait que, si nous ne paraissions pas nous dissimuler, personne ne se défierait de nous. Je sais bien qu'il n'a pas son pareil au monde; mais, vraiment, je crains parfois que son vaste cerveau ne se détraque un peu, avec l'âge: car, maintenant, nous nous exposons aux yeux du public, nous déjeunons sur un balcon - un balcon, remarquez-le bien, qui domine Leicester Square.

- Et que disent les gens ? demanda Syme.

- Ils disent, reprit son guide, que nous sommes de gais compagnons, des gentlemen qui se prétendent anarchistes.

- L'idée de Dimanche me paraît très ingénieuse.

- Ingénieuse ! Que Dieu punisse votre impudence ! s'écria l'autre d'une voix aiguë qui étonnait et jurait avec son personnage tout autant qu'avec son rictus. Ingénieuse ! Quand vous aurez vu Dimanche le quart d'une seconde, vous perdrez l'envie de traiter ses idées d'ingénieuses !

Sur ces mots, ils atteignirent le terme d'une rue étroite, et Leicester Square leur apparut, baigné dans la lumière du matin.

On ne saura jamais, je pense, pourquoi ce square a un aspect si étranger et, en quelque manière, continental. On ne saura jamais si c'est son aspect étranger qui attira les étrangers ou si ce sont les étrangers qui lui donnèrent son aspect étranger. Justement, ce matin-là, ce caractère de Leicester Square était particulièrement clair et évident. Le square ouvert et les feuilles ensoleillées des arbres, la statue et la silhouette sarrasine de l'Alhambra, évoquaient on ne savait quelle place publique de France ou d'Espagne. Syme eut de plus en plus nettement une sensation qui devait se reproduire bien des fois au cours de son aventure, la sensation aiguë qu'il s'était égaré dans une planète nouvelle. En fait, il n'avait cessé d'acheter de mauvais cigares aux environs de Leicester Square, depuis sa jeunesse. Mais, ce jour-là, en découvrant au tournant du coin les coupoles mauresques et les arbres, il eût juré qu'il débouchait sur la " Place de Chose ou Machin "de quelque ville étrangère.

En angle, au coin du square, se profilait un hôtel, dont la façade principale donnait sur une rue latérale. Au-dessus d'une grande porte-fenêtre, sans doute la porte d'un café, un balcon énorme faisait saillie, dominant le square, un balcon assez spacieux pour qu'une table y fût mise. Sur ce balcon, il y avait, en effet, une table, une table à déjeuner, et, autour de cette table, visible de la rue et en plein soleil, un groupe d'hommes bruyants et bavards, tous habillés avec l'insolence de la mode, le gilet blanc et la boutonnière fleurie. Quand ils plaisantaient, on les entendait parfois de l'autre bout du square. Le grave compagnon de Syme fit sa grimace si peu naturelle, et Syme comprit que ces joyeux convives étaient les membres du conclave secret des dynamiteurs européens.

Puis, comme il ne pouvait détourner son regard de ce groupe, il y remarqua quelque chose qui tout d'abord lui avait échappé. Et cela lui avait échappé, parce que c'était trop grand pour être vu tout d'abord. À l'une des extrémités du balcon, interceptant la perspective, c'était le dos d'une gigantesque montagne humaine. En l'apercevant, Syme pensa tout de suite que le balcon de pierre allait céder sous le poids de cette masse de chair. Et ce n'était pas seulement parce qu'il était extraordinairement haut de stature, et incroyablement gros, que cet homme paraissait si ample: la cause réelle de l'impression d'excessif qu'il produisait était dans l'ordonnance des plans de sa personne, dans les proportions originales selon lesquelles cette statue vivante avait été exécutée. Vue de derrière comme la voyait Syme, la tête, couronnée de cheveux blancs, paraissait plus haute et plus large que nature, les oreilles paraissaient plus grandes que des oreilles humaines. Tout était en proportion. Auprès de ce colosse, tous les autres hommes se rapetissaient, devenaient des nains. À les voir, assis tous les cinq autour de la table, on eût dit que le grand homme offrait le thé à des enfants.

Comme Syme et son guide approchaient de l'hôtel, un garçon vint à eux souriant de toutes ses dents.

- Ces messieurs sont là-haut, dit-il; ils causent joyeusement; ils prétendent qu'ils veulent jeter des bombes sur le roi !

Et le garçon, sa serviette sous le bras, s'éloigna rapidement, fort amusé lui-même de l'exceptionnelle frivolité de ces messieurs.

Les deux hommes gravirent l'escalier en silence.

Syme n'avait pas un instant songé à demander si ce monstre qui remplissait le balcon était bien le grand président dont les anarchistes ne pouvaient prononcer le nom sans trembler. Il le savait, il l'avait su immédiatement, sans qu'il lui eût été possible de préciser les motifs de sa certitude. Syme était un de ces hommes qui sont sujets aux influences psychologiques les plus obscures, à un degré qui ne va pas sans quelque danger pour la santé de l'esprit. Inaccessible à la peur physique, il était beaucoup trop sensible à l'odeur du mal moral. Plusieurs fois déjà pendant cette nuit, des choses insignifiantes avaient pris à ses yeux une importance capitale, lui donnant la sensation qu'il était en route vers le quartier général de l'enfer; et cette sensation devenait irrésistible, maintenant qu'il allait aborder le grand président. Elle prit la forme d'une suggestion puérile et pourtant détestable. Comme il s'avançait vers le balcon en traversant la pièce qui le précédait, il lui sembla que la large figure de Dimanche s'élargissait encore, s'amplifiait toujours, et Syme fut pris de terreur à la pensée que cette figure serait bientôt trop vaste pour être possible, et qu'il ne pourrait s'empêcher de jeter un cri. Il se rappelait qu'enfant il ne pouvait regarder le masque de Memnon au Musée britannique, parce que c'était une figure, et si grande.

Par un effort plus héroïque que celui qu'il faudrait pour se précipiter du haut d'une falaise, il se dirigea vers un siège vacant auprès de la table et s'assit. Les autres le saluèrent avec bonne humeur, avec familiarité, comme s'ils l'avaient connu de longue date. Il retrouva un peu de sérénité en constatant que ses voisins étaient convenablement et normalement vêtus, que la cafetière était brillante et solide. Puis, il jeta de nouveau un regard sur Dimanche: oui, son visage était fort grand, mais il ne dépassait tout de même pas les proportions permises à l'humanité.

Comparée au président, toute la compagnie avait l'air passablement vulgaire. Rien de frappant, à première vue, sinon que, pour obéir au caprice du maître, tous les membres du Conseil étaient mis comme pour un gala, si bien qu'on se fût cru à un festin de noce.

L'un de ces individus se distinguait, pourtant, à l'examen le plus superficiel. On pouvait reconnaître en lui le dynamiteur vulgaire et pour ainsi dire vulgaris. Il portait bien, comme les autres, un grand col blanc et une cravate de satin: l'uniforme. Mais, de ce col et de cette cravate émergeait une tête indisciplinable. Pas moyen de s'y tromper. C'était une broussaille étonnante de barbe et de cheveux bruns où luisaient les yeux d'un terrier, ou plutôt peut-être les yeux tristes d'un moujik russe. Cette figure n'était pas terrifiante, comme celle du président; mais elle avait toute cette diablerie qui est un effet de l'extrême grotesque. Si de ce col avait surgi une tête de chat ou de chien, le contraste n'eût pas été plus déconcertant.

Cet homme, paraît-il, se nommait Gogol. Il était polonais et, dans ce cycle des jours de la semaine, portait le nom de Mardi. Sa physionomie et son langage étaient incurablement tragiques, et il n'était point en état de jouer le rôle frivole et joyeux que lui imposait Dimanche. Justement, comme Syme entrait, le président, avec ce mépris audacieux de la suspicion publique dont il avait fait un principe, était en train de railler Gogol, lui reprochant d'être réfractaire aux manières et grâces mondaines.

- Notre ami Mardi, disait le président de sa voix profonde et calme, ne saisit pas bien mon idée. Il s'habille comme un gentleman, mais on voit qu'il a l'âme trop grande pour se tenir comme un gentleman. Il ne peut renoncer aux attitudes des conspirateurs de mélodrame. Qu'un gentleman coiffé du haut-de-forme, vêtu de la redingote classique, se promène dignement dans Londres, personne ne soupçonnera en lui un anarchiste. Mais si, tout bien mis qu'il soit, il se met à marcher à quatre pattes, alors, certes, il attirera l'attention. C'est ce que fait le frère Gogol. Il a mis une si profonde diplomatie à marcher à quatre pattes qu'il éprouve maintenant une réelle difficulté à se tenir sur ses pieds.

- Che ne suis bas habile à me téguiser, fit Gogol d'un air farouche, avec un fort accent étranger. Che n'ai bas honte de la gause.

- Mais si ! répliqua le président avec gaîté, et la cause a honte de vous. Vous vous efforcez autant qu'un autre de vous cacher, mais vous n'y réussissez pas, parce que vous êtes un âne. Vous prétendez concilier deux méthodes inconciliables. Quand un propriétaire trouve un homme sous son lit, naturellement il prend note de cette circonstance. Mais, si c'est un homme coiffé du haut-de-forme qu'il trouve sous son lit, il est peu probable, vous en conviendrez avec moi, mon cher Mardi, qu'il l'oublie facilement. Or, quand on vous trouva sous le lit de l'amiral Biffin…

- Je ne suis pas habile à tromper le monde… répondit Gogol rougissant.

- Parfaitement, mon ami, parfaitement, mon ami, interrompit le président avec une lourde bonhomie: vous n'êtes habile à rien.

Tandis que la conversation se poursuivait, Syme examinait les hommes qui l'entouraient. Et de nouveau il se sentait opprimé par l'horreur que lui causaient toujours les monstruosités psychiques.

Les commensaux de Dimanche, Gogol excepté, lui avaient d'abord paru des gens assez normaux et même vulgaires, somme toute. Mais, en les étudiant avec plus d'attention, il observait en chacun d'eux, comme chez l'homme qui l'avait attendu sur le quai, un caractère démoniaque. Au rictus grimaçant qui défigurait soudain les traits de son guide correspondait chez tous quelque déformation. Ils avaient tous quelque chose d'exceptionnel, qui se dérobait à la première analyse, et ce quelque chose d'exceptionnel était quelque chose d'à peine humain. Syme se formula à lui-même sa propre pensée en se disant que ces gens-là lui apparaissaient comme auraient fait des gens à la mode et bien élevés avec la légère touche qu'y aurait ajoutée un miroir faussé, concave ou convexe.

Des précisions individuelles pourront seules rendre compte de cette secrète anomalie. Le cicérone de Syme était Lundi, secrétaire du Conseil. Après le rire abominablement réjoui du président, rien de plus affreux que le rictus du secrétaire. Mais, maintenant que Syme pouvait le considérer à loisir et au grand jour, il distinguait en lui d'autres singularités. Ce visage noble, mais invraisemblablement émacié, dénonçait-il les ravages de la maladie ? L'intensité même de la détresse qu'on lisait dans ses yeux protestait contre cette hypothèse. Cet homme ne souffrait pas d'un mal physique. Sa souffrance était purement intellectuelle: c'était sa pensée qui faisait sa torture.

Et ce trait apparentait entre eux tous les membres du Conseil. La folie de Mardi se trahissait plus vite que celle de son voisin Lundi. Mais n'était-ce pas un fou aussi que Mercredi - un certain marquis de Saint-Eustache, figure aussi peu banale que les deux autres ? Au premier abord, on ne trouvait rien d'inusité chez lui. De tous, c'était le seul qui portât ses habits élégants comme s'ils eussent été vraiment les siens. Il arborait une barbe noire, taillée en carré, à la française; mais sa redingote affectait la plus pure coupe britannique. Syme ne tarda pas à s'apercevoir qu'on respirait autour de ce personnage une atmosphère terriblement capiteuse, capiteuse à en étouffer. Cela faisait songer aux odeurs enivrantes, aux lampes mourantes des plus mystérieux poèmes de Byron ou de Poe. Tout, chez lui, prenait un accent spécial; le drap noir de son habit paraissait plus riche, plus chaud, teint d'une couleur plus intense que celle des ombres noires qui l'entouraient. Le secret de ce noir, c'est qu'il était une pourpre trop dense. Et le secret aussi de sa barbe si noire, c'est qu'elle était d'un bleu trop foncé. Dans l'épaisseur ténébreuse de cette barbe, la bouche, d'un rouge ardent, étincelait, sensuelle et méprisante. D'où qu'il vînt, il n'était certainement pas français. Peut-être un Juif; mais, vraisemblablement ses racines plongeaient plus profondément encore au sombre coeur de l'Orient. Dans les tableaux joyeusement bariolés et sur les briques de la sombre cour de Perse, qui représentent des tyrans en chasse, on voit de ces yeux en amande, de ces barbes noires aux reflets bleus, de ces lèvres écarlates et féroces.

Puis venait Syme, et puis un très vieux monsieur, l'illustre professeur de Worms, occupait le siège de Vendredi. Du moins, il l'occupait encore, mais on pouvait chaque jour s'attendre à ce qu'il le laissât vacant. Encore que son cerveau gardât toute son activité, le professeur penchait au dernier période de la décadence sénile. Son visage était aussi gris que sa longue barbe grise. Une ride profonde, expression d'un doux désespoir, creusait son front. Nul autre, pas même Gogol, ne faisait avec son habit de fiancé un contraste plus pénible. La fleur rouge de sa boutonnière accusait, exagérait encore la lividité d'un visage littéralement décoloré, plombé. On eût dit un cadavre que quelques dandies ivres auraient affublé de leurs habits mondains. Chaque fois qu'il devait se lever ou s'asseoir, ce qui n'allait pas sans peine, ses mouvements trahissaient quelque chose de pire qu'une simple faiblesse, quelque chose d'indéfinissablement lié à l'horreur de toute la scène. Une idée détestable traversa l'esprit frémissant de Syme. Ce n'était pas seulement de la décrépitude, c'était déjà de la pourriture ! Il ne put s'empêcher de penser qu'à chaque mouvement le professeur pouvait très bien laisser choir un de ses bras ou une de ses jambes.

Samedi tenait le bout de la table. Le plus simple de tous; non pas le moins étonnant. Ce petit homme trapu, au visage carré et rasé de près, portait le nom de Bull: le docteur Bull. On observait chez lui ce mélange de désinvolture et de familiarité polie qui caractérise souvent les jeunes médecins. Il portait ses beaux habits hardiment plutôt qu'avec aisance, et un sourire vague restait figé sur ses lèvres. Seul signe particulier: il avait sur le nez une paire de lunettes aux verres noirs, presque opaques. Pourquoi ces disques sombres épouvantèrent-ils Syme ? Peut-être le crescendo d'imaginations délirantes qui l'agitait le prédisposait-il à tout prendre au tragique. Il se remémora aussitôt une affreuse histoire, à demi oubliée, où il était question de sous qu'on incrustait dans les yeux des morts. Le regard de Syme ne pouvait se détacher de ces lunettes noires, de ce sourire figé. Sur le nez du vieux professeur ou du pâle secrétaire, elles ne l'eussent point surpris. Elles ne convenaient pas à ce jeune homme râblé, dont elles rendaient la physionomie bizarrement énigmatique. Elles cachaient pour ainsi dire ce qui en eût été la clé. Que signifiait son éternel sourire ? Que voulait dire sa gravité ? Cette singularité, jointe à cette virilité vulgaire dont tous les autres, sauf Gogol, étaient privés, persuada Syme que le docteur aux yeux noirs devait être le pire d'entre ces mauvais. Il pensa même que le docteur ne se cachait ainsi les yeux que parce qu'ils étaient trop horribles à voir.

VI. DÉMASQUÉ !

☐

VI. Démasqué !

VI

Démasqué !

Tels étaient les six hommes, qui avaient juré la destruction du monde.
À plusieurs reprises, Syme fit un grand effort pour reconquérir son sang-froid en leur présence. Par instants, il se rendait compte qu'il n'y avait là que des gens fort ordinaires, dont l'un était vieux, l'autre neurasthénique, l'autre myope... Mais toujours il retombait sous l'empire d'un symbolisme fantastique. Chacun de ces personnages paraissait situé à l'extrême frontière des choses, de même que leur théorie était à l'extrême frontière de la pensée. Il savait que chacun de ces hommes se tenait pour ainsi dire au point extrême de quelque route sauvage de la pensée.
- Un homme, songeait Syme, qui marcherait toujours vers l'ouest jusqu'au bout du monde, finirait sans doute par trouver quelque chose, par exemple un arbre, qui serait à la fois plus et moins qu'un arbre, soit un arbre possédé par des esprits. Et, de même, en allant toujours vers l'est, jusqu'au bout du monde, il rencontrerait une certaine chose qui ne serait pas non plus tout à fait cette chose même, une tour peut-être, dont l'architecture déjà serait un péché.
C'est ainsi que les membres du Conseil, avec leurs silhouettes violentes et incompréhensibles, étaient pour Syme de vivantes visions de l'abîme, et se détachaient sur un horizon ultime. En eux les deux bouts du monde se

51

rejoignaient.

La conversation ne s'était pas interrompue, et le ton aisé et enjoué des causeurs faisait avec le sujet de l'entretien le plus étonnant des contrastes qui réunissait cet étonnant déjeuner.

Ils parlaient, à fond, d'un complot à réaliser sans remise. Le garçon ne se trompait pas en disant qu'il s'agissait de bombes et de rois. Dans trois jours, le Tsar devait rencontrer le président de la République française à Paris, et, sur le balcon ensoleillé, en consommant leur jambon et leurs oeufs, ces joyeux conspirateurs décidaient la mort de l'un et de l'autre. On désignait même le camarade qui jetterait la bombe: c'était le marquis à la barbe noire.

Dans des circonstances moins extraordinaires, l'imminence de la réalité objective, positive, du crime aurait calmé Syme et dissipé ses craintes purement mystiques. Il n'aurait plus pensé qu'à la nécessité de sauver les deux hommes des fragments de fer et de la déflagration de la poudre qui menaçait de les déchiqueter. Mais le fait est qu'en ce moment précis, il commençait à ressentir une crainte personnelle, immédiate, où s'évanouissaient ses sentiments de répulsion et même le souci de ses responsabilités sociales. Ce n'était plus pour le Tsar et le président de la République qu'il tremblait: c'était pour lui-même.

La plupart des anarchistes, passionnément intéressés par la discussion, ne se préoccupaient guère de Syme. Serrés les uns contre les autres, ils étaient tous très graves. À peine le rictus du secrétaire passait-il parfois sur son visage, comme un éclair dans le ciel. Mais Syme fit une remarque qui d'abord le troubla et bientôt le terrifia: le président ne cessait de le regarder fixement, de le dévisager, avec un intérêt persistant. L'énorme individu restait parfaitement calme; mais ses yeux bleus lui sortaient de la tête, et ces terribles yeux étaient fixés sur Syme.

Syme éprouva un désir presque irrésistible de sauter dans la rue, par-dessus le balcon. Il se sentait transparent comme le verre pour les prunelles aiguës de Dimanche et ne doutait plus que sa qualité d'espion n'eût été éventée par cet homme redoutable. Il jeta un regard par-dessus la balustrade du balcon et vit, juste en bas, un policeman qui considérait distraitement les grilles du square et les arbres ensoleillés.

Il eut alors une intense tentation qui devait plus d'une fois le hanter durant les jours qui suivirent. Dans la compagnie de ces êtres hideux, répugnants et puissants, de ces princes de l'anarchie, il avait jusqu'alors presque oublié ce personnage falot, le poète Gregory, simple esthète de l'anarchie. Il se ressouvenait de lui, maintenant, avec une sorte de sympathie, comme d'un ami avec lequel il aurait joué, jadis, dans son enfance. Mais il se rappelait aussi qu'il restait lié à Gregory par une promesse intransgressible: il lui avait promis de ne pas faire précisément ce qu'il avait été sur le point de faire. Il lui avait promis de ne pas enjamber le balcon, de ne pas appeler ce policeman. Il retira sa main glacée de la froide balustrade de pierre. Son âme roulait dans un vertige d'indécision. Il n'avait qu'à violer un serment inconsidéré, prêté à une société de bandits, et sa vie devenait aussi belle et riante que ce square ensoleillé. D'autre part, s'il restait fidèle aux lois antiques de l'honneur, il se livrait peu à peu sans recours à ce grand ennemi de l'humanité dont l'évidente et immense intelligence était une chambre de torture.

Chaque fois qu'il se tournait vers le square, il voyait le policeman, confortable comme un pilier du sens commun et de l'ordre public. Et, chaque fois que le regard de Syme revenait à la table, il voyait le président qui continuait à l'épier, de ses gros yeux insupportables.

Il est deux idées, cependant, qui, dans le torrent de ses pensées, ne lui vinrent pas à l'esprit.

D'abord, il ne lui arriva pas un instant de mettre en doute que le président et son Conseil ne pussent l'anéantir, s'il restait là, seul, parmi ces misérables. Sans doute, sur une place publique une telle exécution eût pu paraître impossible. Mais Dimanche n'était pas homme à montrer tant d'aisance sans avoir, quelque part et de quelque manière, préparé son piège. Poison anonyme ou brusque accident, fortuit en apparence, hypnotisme, feu infernal: peu importait comment, mais certainement Dimanche pouvait le frapper. Que Syme osât défier cet homme, et Syme était condamné - atteint de paralysie sur son siège ou mourant longtemps après de quelque maladie mystérieuse. En appelant sur-le-champ la police, en faisant arrêter tout le monde, en racontant tout, en suscitant contre ces monstres toute l'énergie de l'Angleterre, peut-être eût-il échappé. Mais son salut n'exigeait certainement pas moins. Il y avait là, sur un balcon, au-dessus d'un square passager, quelques gentlemen, parmi lesquels Syme ne se sentait pas plus en sécurité qu'il ne l'eût été, au milieu de la mer déserte, dans une chaloupe pleine de pirates armés.

Et il n'eut pas davantage l'idée qu'il pourrait être gagné à l'ennemi. Beaucoup d'autres, en ce temps, habitués à honorer de toute leur faiblesse l'intelligence et la force, auraient pu hésiter dans leur loyauté, céder au prestige oppressif de la puissante personnalité de Dimanche. Ils auraient salué en lui le Surhomme. Et, en effet, si le Surhomme est concevable, Dimanche lui ressemblait beaucoup, avec son énergie capable d'ébranler la terre dans un moment de distraction. C'était une statue de pierre en mouvement. Oui, cet être aux plans vastes, trop visibles pour être vus, au visage trop ouvert, trop explicite pour qu'on le comprît, pouvait faire penser qu'il y avait là plus qu'un homme. Mais Syme, quelle que fût la dépression dont il souffrît, n'était pas exposé à tomber dans cette faiblesse, si moderne. Comme tout le monde, il était assez lâche pour craindre la force; il n'était pas tout à fait assez lâche pour l'admirer.

Les anarchistes mangeaient en causant, et jusque dans leur manière de manger se révélait le caractère de chacun. Le docteur Bull et le marquis chipotaient avec négligence les meilleurs morceaux, du faisan froid, du pâté de Strasbourg. Le secrétaire était végétarien, et discutait de bombes et de meurtres tout en absorbant une tomate crue, arrosée d'un verre d'eau tiède. Le vieux professeur avait des hoquets précurseurs d'un prochain gâtisme. Le président gardait, là comme en tout, la supériorité incontestable de sa masse. Il mangeait comme vingt ! Il mangeait incroyablement ! On eût cru, en le regardant dévorer, assister à la manoeuvre d'une fabrique de saucisses. Et après avoir enfourné une douzaine de petits pains en quelques bouchées et bu toute une pinte de café, il recommençait, la tête penchée, à surveiller Syme.

- Je me suis demandé souvent, dit le marquis en mordant dans une tartine de confiture, si je ne ferais pas mieux d'employer le couteau, de préférence à la bombe. Le couteau a servi à couper d'excellentes choses. Quelle exquise sensation ! Enfoncer un couteau dans le dos d'un président de la République et retourner le fer dans la plaie !
- Vous avez tort, protesta le secrétaire en fronçant les sourcils. Le couteau convenait à l'antique querelle personnelle d'un individu contre un tyran. La dynamite n'est pas seulement notre instrument le meilleur, elle est aussi notre meilleur symbole. Un aussi parfait symbole de l'anarchie que peut l'être l'encens pour les prières des chrétiens. La dynamite se répand et ne tue que parce qu'elle se répand. La pensée aussi ne détruit que parce qu'elle se répand. Le cerveau est une bombe ! s'écria-t-il en s'abandonnant soudain à sa passion et en se frappant le crâne avec violence: mon cerveau est une bombe que je sens sur le point, sans cesse, d'éclater ! Il veut se répandre ! Il faut qu'il se répande ! Il faut que la pensée se répande, l'univers en fût-il réduit en poussière.
- Je ne désire pas que l'univers saute en ce moment, dit le marquis, très bas: je veux faire autant de mal que je pourrai avant de mourir. J'y pensais hier soir, dans mon lit.
- En effet, dit le docteur Bull avec son sourire de sphinx, si le néant est le but unique de tout, cela vaut-il le moindre effort ?
Le vieux professeur regardait au plafond de ses yeux morts.
- Chacun sait, dit-il, chacun sait, au fond de son coeur, que rien ne vaut aucun effort.
Il se fit un étrange silence, puis:
- Nous nous écartons de la question, observa le secrétaire. La question est celle de savoir comment Mercredi frappera son coup. Il me semble que nous devons nous en tenir à l'idée première: la bombe. Quant aux détails, je suis d'avis que, dès demain matin, notre camarade s'embarque pour…
Le secrétaire s'interrompit brusquement: une ombre vaste venait de s'allonger sur la table.
Le président Dimanche s'était levé, et il n'y avait plus de ciel au-dessus du balcon.

- Avant d'en venir à discuter ce point, dit-il d'une voix étrangement flûtée, je vous prie de m'accompagner dans un cabinet particulier. J'ai une communication très spéciale à vous faire.

Syme fut le premier debout. Le moment de choisir était venu; le pistolet était sur sa tempe. En bas, le policeman se promenait paresseusement tout en tapant de la semelle, car la matinée était belle, mais froide.

Soudain, dans la rue voisine, un orgue de Barbarie attaqua une ritournelle. Syme se redressa fièrement, comme s'il eût entendu le clairon sonner la bataille. Il sentit affluer en lui, il ne savait d'où, un courage surnaturel. Il y avait pour lui, dans cette humble mélodie, toute la vivacité, toute la vulgarité aussi, et toute l'irrationnelle vertu des pauvres qui, par les rues souillées de Londres, vont au hasard des pas, fermement attachés aux décences et aux charités du christianisme. Sa juvénile équipée de policier bénévole, il n'y songeait plus; il ne se concevait plus lui-même comme le représentant d'une association de gentlemen jouant en amateurs le rôle de détectives; il avait oublié le vieil original qui vivait dans sa chambre pleine de nuit. Non ! Il était l'ambassadeur de tous ces pauvres gens, honnêtes et vulgaires, qui, par les rues, s'en vont à la bataille de la vie, chaque matin, au son de l'orgue de Barbarie. Et cette grande gloire d'être simplement un homme l'exaltait, sans qu'il pût dire pourquoi ni comment, à une hauteur incommensurable au-dessus des monstres qui l'entouraient. Un instant, du moins, il jugea leur bizarrerie ignoble, du haut de ce point de vue céleste: le lieu commun. Il avait sur eux tous cette inconsciente et élémentaire supériorité d'un brave homme sur des bêtes puissantes, d'un sage sur des erreurs puissantes. Il ne possédait, sans doute, et il le savait bien, ni la force intellectuelle ni la force physique du président Dimanche; mais il n'était pas plus sensible à cette infériorité qu'il n'eût regretté de ne pas avoir les muscles du tigre ou l'appendice nasal du rhinocéros. Il oubliait tout devant cette certitude suprême: que Dimanche avait tort et que l'orgue de Barbarie avait raison. Dans sa mémoire chantait le truisme sans réplique et terrible de la Chanson de Roland:

Païens ont tort et Chrétiens ont droit !

qui était, en ce vieux français nasillard, pareil au bruit des grandes armes de fer. Le fardeau de sa faiblesse se détachait de lui, et, fermement, il prit la résolution d'affronter la mort. Il songea que les gens de l'orgue de Barbarie tenaient leurs engagements, selon les lois de l'honneur antique; il ferait comme eux. La fidélité à sa parole serait d'autant plus glorieuse qu'il l'avait donnée, cette parole d'honneur, à des mécréants. Et son dernier triomphe sur ces fous serait de les suivre dans ce cabinet particulier et de mourir pour une cause qu'ils ne pourraient même pas comprendre. L'orgue de Barbarie jouait une marche avec toute l'énergie et toute la parfaite harmonie d'un savant orchestre; et Syme distinguait, sous les éclats des cuivres qui célébraient la gloire de vivre, le profond roulement de tambour qui affirmait la gloire de mourir.

Déjà, les conspirateurs s'éloignaient par la porte-fenêtre et par les pièces. Syme franchit le dernier le seuil du balcon. Extérieurement calme, il frémissait dans son cerveau et dans tous ses membres d'un rythme romantique.

Le président les conduisit, par un escalier de service, dans une chambre vide, froide, mal éclairée. Il y avait une table et quelques bancs. On se fût cru dans une chambre de bord abandonnée. Quand tous furent entrés, Dimanche ferma la porte et tourna la clef dans la serrure.

Le premier, Gogol, l'irréductible, prit la parole. Il paraissait étouffer de fureur.

- Voilà donc, s'écria-t-il - et, inarticulé, son anglais-polonais devenait presque incompréhensible - voilà donc comment vous renoncez à vous cacher ! Vous dites que vous vous montrez ! Vous vous moquez de nous ! Quand il s'agit de parler sérieusement, vous ne manquez pas de vous enfermer dans une boîte obscure !

Le président subit avec toute sa bonne humeur l'incohérente diatribe de l'étranger.

- Vous ne comprenez pas encore, Gogol, dit-il paternellement. Les gens qui nous ont entendus dire des bêtises sur le balcon ne se soucient plus de savoir où nous allons ensuite. Si nous avions commencé par nous cacher ici, tous les garçons seraient venus écouter à la porte… Vous ne connaissez pas les hommes.

- Je meurs pour eux, s'écria le Polonais ! Je tue leurs oppresseurs ! Mais je n'aime pas le jeu de cache-cache. Je voudrais frapper les tyrans en plein square.

- C'est bien, c'est bien, dit le président en s'asseyant au bout de la table. Vous commencez par mourir pour l'humanité, et puis vous ressuscitez pour frapper les tyrans. C'est à merveille. Permettez-moi, maintenant, de vous prier de maîtriser vos beaux sentiments et de vous asseoir avec ces messieurs. Pour la première fois, ce matin, vous allez entendre une parole sensée.

Avec la promptitude empressée qu'il avait montrée dès le début, Syme fut le premier à s'asseoir. Gogol s'assit le dernier, maugréant toujours dans sa barbe brune, et à plusieurs reprises on put percevoir le mot " gompromis ".

Nul, excepté Syme, n'avait l'air de se douter du coup qui allait être frappé. Quant à lui, il éprouvait la sensation de l'homme qui monte à l'échafaud, mais qui se promet de ne pas mourir avant d'avoir fait un beau discours.

- Camarades ! dit le président en se levant soudain, cette farce a assez duré ! Je vous ai réunis ici pour vous apprendre quelque chose de si simple et pourtant de si choquant que les garçons de cet établissement, si habitués qu'ils soient à nos folies, pourraient remarquer dans mes paroles une gravité inaccoutumée. Camarades ! Nous discutions tout à l'heure des plans d'action; nous proposions des lieux... Avant d'aller plus loin, je vous demande de confier entièrement et sans contrôle la décision à l'un de nous, à un seul: le camarade Samedi, le docteur Bull.

Tous les regards étaient fixés sur Dimanche. Brusquement, les membres du Conseil se levèrent, car les paroles qui suivirent, sans être prononcées à haute voix, le furent avec une énergie qui fit sensation.

Dimanche frappa du poing sur la table.

- Pas un mot de plus, aujourd'hui, sur nos plans ! Pas la plus mince révélation de nos projets dans cette société !

Dimanche avait passé sa vie à étonner ses compagnons. On eût pourtant dit, à les voir, qu'ils subissaient pour la première fois cette impression d'étonnement. Ils s'agitaient sur leurs sièges, fébrilement, tous, excepté Syme. Immobile, il serrait, dans sa poche, la crosse de son revolver, s'apprêtant à vendre chèrement sa vie: on saurait enfin si le président était mortel.

Dimanche reprit, d'une voix égale:

- Vous le devinez sans doute: pour proscrire, de ce festival de la liberté, la liberté de la parole, je ne puis avoir qu'un seul motif. Peu importe que des étrangers nous entendent. Il est entendu pour eux que nous plaisantons. Ce qui importe, ce qui a une importance capitale, c'est qu'il y a parmi nous un homme qui n'est pas des nôtres, un homme qui connaît nos graves desseins et qui n'a pour eux aucune sympathie, un homme...

Le secrétaire poussa un cri perçant, un cri de femme, et se leva d'un bond:

- C'est impossible !... Il est impossible que...

Le président abattit sur la table sa main, large comme la nageoire d'un poisson énorme.

- Oui, prononça-t-il avec lenteur, il y a dans cette chambre un espion. Il y a un traître à cette table. Je ne perdrai pas un mot de plus. Il se nomme...

Syme se leva à demi, le doigt sur la détente de son revolver.

- Il se nomme Gogol, continua le président: c'est ce charlatan chevelu qui se prétend Polonais.

Gogol se dressa sur ses pieds, un revolver dans chaque main. Au même instant, trois hommes lui sautaient à la gorge. Le professeur lui-même fit un effort pour se lever.

Mais Syme ne vit pas grand-chose de ce qui se passa ensuite. Il était comme aveuglé par une obscurité bienfaisante. Effondré sur son banc, il tremblait, comme épouvanté de se sentir sauvé.

VII. CONDUITE INEXPLICABLE DU PROFESSEUR DE WORMS

☐

VII. Conduite inexplicable du professeur de Worms

VII

Conduite inexplicable du professeur de Worms

- Assis ! cria Dimanche d'une voix dont il se servait rarement, une voix qui faisait tomber des mains les épées menaçantes.
Les trois hommes qui avaient appréhendé Gogol le lâchèrent, et ce personnage équivoque reprit sa place.
- Eh bien ! mon garçon, reprit le président, comme s'il se fût adressé à un inconnu, voulez-vous me faire le plaisir de fouiller la poche supérieure de votre gilet et de me montrer ce que vous y trouverez ?
Le prétendu Polonais avait pâli sous sa broussaille de poils sombres. Il glissa pourtant avec calme apparent deux doigts dans la poche indiquée et en tira un bout de carte bleue.
En voyant cette carte sur la table, Syme reprit conscience du monde extérieur. Bien qu'elle fût posée à l'autre bout de la table, et qu'il n'en pût pas lire l'inscription, cette carte ressemblait étonnamment à celle qu'il avait lui-même en poche et qui lui avait été remise à son entrée dans la police antianarchiste.
- Slave pathétique, dit le président, fils tragique de la Pologne, êtes-vous disposé à prétendre, maintenant et devant cette carte, qu'en notre société

vous n'êtes pas... comment dirai-je... de trop ?

Chacun fut surpris d'entendre une voix claire, commerciale pour ainsi dire et presque faubourienne, sortir de cette forêt de cheveux exotiques. C'était tout aussi paradoxal que si, tout à coup, un Chinois eût parlé anglais avec l'accent écossais.

- Je pense que vous vous rendez compte de votre position, continua Dimanche.

- Tu parles ! répliqua le Polonais. Mais croyez-vous qu'un vrai Polonais aurait su être aussi Polonais que moi ?

- Je vous accorde ce point. Votre accent d'ailleurs est inimitable; pourtant, je m'y essaierai en prenant mon bain. Voyez-vous quelque inconvénient à laisser ici votre barbe avec votre carte ?

- Pas le moins du monde !

Et, d'un coup, Gogol arracha tout son masque barbu et chevelu, d'où émergea une figure pâle et effrontée, au poil blond.

- C'était bien chaud, ajouta-t-il.

- Je vous rendrai justice en disant que vous avez su, sous ce masque si chaud, garder votre sang-froid, fit Dimanche, avec une sorte d'admiration brutale. Écoutez-moi; vous me plaisez. Il me serait donc désagréable, pendant au moins deux minutes et demie, d'apprendre que vous avez succombé aux tourments. Eh bien ! si vous parlez de nous à la police ou à âme qui vive, il me faudra subir ces deux minutes et demie de désagrément. Quant à l'ennui qui en résulterait pour vous, je n'y insiste pas. Adieu, donc, et prenez garde à l'escalier.

Le ci-devant Gogol, le détective aux cheveux roux se leva sans mot dire et quitta la chambre, lentement, avec un air de parfaite nonchalance. Mais Syme, stupéfait, put se convaincre que cette aisance était jouée, car un léger trébuchement l'avertit bientôt que le détective n'avait pas pris garde à l'escalier.

- Le temps passe, dit le président de sa façon la plus enjouée en consultant une montre qui, comme lui-même et comme tout ce qu'il portait sur lui, était de dimensions anormales. Il faut que je vous quitte sur-le-champ: j'ai l'obligation de présider une réunion humanitaire.

Le secrétaire se tourna vers lui, les sourcils froncés.

- Ne vaudrait-il pas mieux, dit-il sèchement, reprendre la discussion de notre projet, maintenant que nous sommes entre nous ?

- Je ne suis pas de votre avis, répondit le président, avec un bâillement comparable à un discret tremblement de terre. Laissons tout en plan. Samedi arrangera tout. Je m'en vais. Je suis pressé. Nous déjeunerons ici dimanche prochain.

Mais la scène dramatique à laquelle il venait d'assister avait singulièrement surexcité le système nerveux du secrétaire. C'était un de ces hommes qui sont consciencieux jusque dans le crime.

- J'ai le devoir de protester, Président, contre cette irrégularité ! dit-il. C'est une des règles fondamentales de notre société, que tous les plans doivent être discutés en plein conseil. Sans doute, et je rends pleinement hommage à votre prudence, en présence d'un traître...

- Secrétaire, interrompit le président, très sérieusement, si vous rapportez votre tête chez vous, essayez donc de la faire cuire, comme un navet; peut-être alors sera-t-elle bonne à quelque chose. Toutefois, je n'affirme rien.

Lé secrétaire étouffa un rugissement de fureur.

- En vérité, murmura-t-il, je ne puis comprendre...

- Parfaitement, dit le président en inclinant la tête à plusieurs reprises, c'est bien cela ! vous ne pouvez comprendre, et cela vous arrive assez souvent. Voyons âne bâté que vous êtes ! rugit-il en se levant. Vous ne vouliez pas qu'un espion nous entendît, hein ? Or, que savez-vous si, en ce moment même, un espion ne nous entend pas ?

Sur ces mots, il quitta la pièce en haussant les épaules.

Des cinq hommes qui restaient dans le cabinet, quatre ouvraient la bouche, écarquillaient les yeux; ils paraissaient au comble de l'étonnement. Syme seul se doutait de la vérité, et ce doute le faisait frissonner jusque dans la moelle de ses os. Si les paroles du président n'étaient pas dénuées de sens, elles signifiaient que Syme était, tout au moins, soupçonné. Peut-être Dimanche n'avait-il pas la certude de pouvoir le démasquer, comme il avait fait de Gogol, mais il se méfiait !

Les quatre autres finirent par s'en aller, à la recherche de leur lunch, car il était plus de midi. Le professeur gagna la porte très lentement, très péniblement.

Syme resta longtemps seul, à méditer sur son étrange situation. Il avait échappé au premier coup de tonnerre, mais le nuage pesait encore sur lui. Enfin, il sortit et gagna Leicester Square.

La température s'était refroidie. Syme éprouva quelque ennui à voir tomber des flocons de neige. Il avait toujours la canne à épée et le reste des bagages de Gregory, mais sa pèlerine était restée il ne savait où, dans le bateau peut-être, ou sur le balcon. Espérant que la rafale ne durerait pas, il se réfugia sous l'auvent d'une petite boutique de coiffeur, dont la vitrine ne contenait qu'une maladive figure de femme en cire, décolletée.

Pourtant, la neige tombait de plus en plus dense. Syme, agacé par le sourire fade de la figurine, se retourna vers la rue et regarda les pavés blanchir. Il ne fut pas peu surpris de voir un homme arrêté devant la vitrine et qui se tenait là, immobile, comme hypnotisé par l'insupportable statuette. Son chapeau était blanc comme celui du père Noël, et la neige s'épaississait autour de ses souliers. Mais il semblait que rien ne pût l'arracher à la contemplation de cette poupée fanée. Il était assez étrange qu'un être humain quelconque se tînt par un pareil temps en observation devant une telle boutique. L'étonnement de Syme ne tarda pas à changer en un malaise très personnel, car il reconnut tout à coup le vieux professeur paralytique de Worms. Ce n'était guère l'endroit qui convenait à un homme de son âge, accablé des infirmités qu'il avait.

Syme était prêt à admettre n'importe quoi d'invraisemblable sur le compte de n'importe lequel des " déshumanisés "qui composaient le Conseil. Mais il ne pouvait croire que le vieux professeur fût amoureux de cette poupée de cire. Il préféra s'expliquer le cas en supposant que le malade était sujet à des accès de catalepsie, de rigidité subite, et même il se félicita, n'étant nullement enclin à la pitié envers un tel individu, de pouvoir, par une fuite rapide, le distancer tout de suite.

Car Syme avait besoin d'échapper, ne fût-ce que pour une heure, à l'atmosphère empoisonnée qu'il respirait depuis la veille. Alors, il pourrait, du moins, mettre de l'ordre dans ses pensées, délibérer sur la conduite à tenir, et d'abord résoudre ce problème: était-il, ou non, enchaîné par la parole donnée à Gregory ?

Sous les flocons de neige qui dansaient dans l'air, il s'éloigna, traversa quelques rues et entra dans un petit restaurant de Soho pour y prendre son lunch.

Il mangea de trois ou quatre plats, tout en réfléchissant, but une demi-bouteille de vin rouge et termina par une tasse de café accompagnée d'un cigare. Il avait choisi sa place dans la salle du premier étage, où retentissaient indiscontinûment le cliquetis des couteaux et des fourchettes et le bruit des conversations en langues étrangères. Il se rappela que, jadis, il avait soupçonné d'anarchisme ces braves et inoffensifs étrangers, et il frissonna en songeant à ce que c'était qu'un véritable anarchiste. Mais, tout en frissonnant, il songea aussi qu'il avait fui, et il en eut une impression mêlée de quelque honte et de beaucoup de plaisir. Le vin, la nourriture, qui n'avait rien d'extraordinaire, le caractère familier de l'endroit, les visages de ces hommes bavards et simples, tout le rassurait, et il était tenté de croire que le Conseil des Sept n'était qu'un mauvais rêve ! Bien qu'il fût obligé de convenir en lui-même que le terrible Conseil n'avait rien de chimérique, ce n'était, du moins, pour l'instant, qu'une réalité lointaine. De grandes maisons, des rues populeuses, le séparaient des maudits Sept. Il était libre, dans une ville libre, et il buvait son vin parmi des hommes libres.

Avec un soupir de soulagement, il prit son chapeau et sa canne, et descendit dans la salle du rez-de-chaussée, qu'il devait traverser pour sortir.

En pénétrant dans cette pièce, il crut sentir que ses pieds prenaient racine dans le plancher.

À une petite table, tout près de la fenêtre et de la rue blanche de neige, le vieux professeur anarchiste était assis devant un verre de lait, avec ses paupières mi-closes, et son visage livide.

Un instant, Syme resta droit, rigide comme la canne sur laquelle il s'appuyait. Puis, avec une précipitation folle, il passa tout près du professeur, ouvrit la porte et, la faisant claquer derrière lui, bondit dans la rue, dans la neige.

- Ce cadavre me suivrait-il ? se demandait Syme en mordillant sa moustache blonde. Je me suis trop attardé, je lui ai donné le temps de me rejoindre malgré ses pieds de plomb. Heureusement qu'en hâtant un peu le pas, je puis sans peine mettre entre lui et moi la distance d'ici à Tombouctou... Du reste, ma supposition n'est pas raisonnable. Pourquoi me suivrait-il ? Si Dimanche me faisait surveiller, il n'aurait pas chargé de cette mission un paralytique.

D'un bon pas, tout en faisant tournoyer sa canne entre ses doigts, il prit la direction de Covent Garden. Comme il traversait le Grand Marché, la rafale de neige se fit plus abondante. Elle devenait aveuglante à mesure que le jour baissait. Les flocons le piquaient comme d'innombrables essaims d'abeilles argentées, pénétrant dans ses yeux, dans sa barbe, surexcitant ses nerfs déjà fort tendus. À l'entrée de Fleet Street, il perdit patience, et, se trouvant devant une maison de thé ouverte le dimanche, il s'y réfugia. Par contenance, il commanda une seconde tasse de café noir. À peine l'avait-il commandée que le professeur de Worms, péniblement et en trébuchant, ouvrait la porte de la boutique et, s'asseyant avec difficulté, demandait une tasse de lait.

La canne de Syme lui échappa des mains et fit en tombant un bruit métallique qui révéla la présence de l'épée. Le professeur ne parut pas avoir entendu. Syme qui était un homme plutôt calme le regardait, bouche bée, comme un paysan qui assiste à un tour de passe-passe. Il n'avait remarqué aucun cab derrière lui; il n'en avait pas entendu s'arrêter devant la boutique. Selon toute apparence, le professeur était venu à pied. Mais quoi ? Le vieillard n'allait guère plus vite qu'un escargot, et Syme avait filé comme le vent !

Affolé par l'invraisemblance matérielle du fait, il se leva, ramassa sa canne et s'esquiva, sans avoir touché à son café. Un omnibus se dirigeant vers la Banque passait à grande allure. Syme dut faire une centaine de pas en courant pour l'atteindre. Il sauta sur le marchepied, respira un instant, puis monta à l'impériale. Il y était installé depuis une demi-minute, à peu près, quand il entendit venir d'en bas un souffle d'asthmatique. Se retournant aussitôt, il vit s'élever graduellement sur les marches de l'omnibus un chapeau haut de forme, blanc de neige, puis le visage de myope, puis les épaules tremblantes du vieux professeur de Worms. Il s'avança à tout petits pas, se laissa tomber sur la banquette en poussant de légers soupirs et s'enveloppa lentement dans les plis de la bâche de laine. Chaque mouvement de ce corps branlant, le moindre de ses gestes démontrait jusqu'à la parfaite évidence la débilité sans remède, la totale impuissance de cet organisme usé. Et pourtant, à moins d'admettre que les entités philosophiques appelées espace et temps fussent dépourvues de toute réalité, il était infiniment probable que ce vieillard avait dû courir après l'omnibus.

Syme se dressa de toute sa hauteur et, jetant un regard affolé sur ce ciel d'hiver, qui d'instant en instant devenait plus sombre, se laissa glisser, plutôt qu'il ne descendit, le long de l'escalier. Il avait dû réprimer un mouvement impulsif qu'il avait eu de se jeter en bas, du haut de l'impériale.

Sans regarder en arrière, sans réfléchir, il s'engagea à l'aveuglette, comme un lièvre dans un trou, dans l'une des petites cours qui avoisinent Fleet Street. Il avait vaguement l'idée de dépister le vieux diable en se perdant lui-même dans ce labyrinthe de ruelles étroites. Il se plongea donc dans ces ruelles qui semblaient des culs-de-sac plutôt que des passages, et après avoir tourné une vingtaine de coins et décrit quelque inimaginable polygone, au bout de quelques minutes, il s'arrêta, prêtant l'oreille. Aucun bruit de pas. Du reste, la couche épaisse de neige dont ces ruelles étaient tapissées étouffait tous les bruits. Quelque part, toutefois, derrière Red Lion Court il avait remarqué en passant qu'un citoyen énergique avait balayé la neige sur l'espace d'une vingtaine de mètres; là le gravier apparaissait, humide et luisant. Il n'en avait pas tenu grand compte d'abord. Et il allait reprendre sa course, quand son coeur cessa de battre: il entendait résonner, dans cet endroit déblayé, la béquille de l'infernal perclus.

Le ciel, couvert de nuages, versait sur Londres un crépuscule dense, insolite à cette heure peu avancée de l'après-midi. À la droite et à la gauche de Syme, les murs de l'allée étaient unis et sans caractère; pas une fenêtre, rien qui fît penser à un oeil. Il éprouva de nouveau le besoin de gagner les rues larges et éclairées, de sortir de ce dédale de maisons tristes. Mais il erra longtemps encore en tous sens avant de gagner la grande artère, et, quand il y parvint, il se trouva beaucoup plus loin qu'il n'aurait pensé, dans la vaste solitude de Ludgate-Circus. Il aperçut la cathédrale de Saint-Paul assise en plein ciel.

Il fut d'abord étonné de la solitude de ces grandes voies. C'était comme si la peste eût décimé la population. Puis, il réfléchit que la tempête de neige était un danger. Enfin il se rappela que c'était dimanche. En prononçant tout bas ce mot, il se mordit la lèvre. Dimanche ! Ces syllabes comportaient désormais pour lui un jeu de mots sacrilège.

Sous l'épais brouillard qui planait, la ville prenait une étrange couleur verdâtre et comme sous-marine. Derrière Saint-Paul, le soleil, comme un disque de métal, avait des teintes fumeuses et sinistres, morbides, des teintes d'un rouge flétri, d'un bronze terni, qui faisaient ressortir la blancheur opaque de la neige. Sur ce fond morne, la masse noire de la cathédrale s'élevait, et à son sommet, on distinguait une grande tache de neige, comme sur un pic alpestre. La masse neigeuse, après s'être lentement amoncelée, s'était écroulée, mais en s'écroulant, elle avait drapé le dôme, du haut en bas, d'une écharpe blanche, de façon à faire saillir en argent pur le globe et la croix. À cette vue, Syme se raidit involontairement, il fit de la canne-épée le salut militaire.

Il savait que le hideux compère le suivait toujours comme son ombre; mais il ne s'en souciait plus. C'était comme un symbole de la foi et de la vertu, ce haut lieu de la terre qui restait resplendissant dans les cieux assombris. Les démons pouvaient s'être emparés des cieux; ils ne pouvaient toucher à la croix.

Syme eut brusquement l'envie d'arracher, à ce paralytique dansant et sautillant qui le poursuivait, son secret.. À l'angle du Circus, il se retourna, étreignant sa canne, pour faire face à son persécuteur.

Le professeur de Worms tourna lentement le coin de l'allée irrégulière d'où il venait. Sa forme outrageante, estompée contre un réverbère solitaire, rappela irrésistiblement à Syme " le bonhomme tortu qui fit un mille tordu ", dont il est question dans les chansons de nourrice. On était vraiment tenté de croire que sa forme tordue lui avait été donnée, imposée, par ces rues tortueuses.

Il se rapprochait, et la lumière du réverbère se reflétait sur son binocle relevé, sur sa figure patiente, qu'il tenait droite, immobile. Syme l'attendait comme saint Georges attendit le dragon, comme un homme qui va provoquer une explication finale, ou la mort.

Et le vieux professeur alla droit à Syme, et passa devant lui comme devant un inconnu, sans un regard de ses yeux éplorés.

Ce silence, cette sorte d'innocence jouée, exaspérèrent Syme. Le vieillard semblait protester, tacitement, par son visage fermé, par ses manières, en quelque sorte incolores, qu'il ne poursuivait personne et que toutes ces rencontres avaient été de simples et insignifiantes coïncidences.

Syme se sentit galvanisé par une soudaine énergie, nuancée de fureur et d'ironie. Il fit un geste violent, qui faillit faire tomber le chapeau du professeur, cria quelque chose comme: " Attrape-moi si tu peux ! "et se mit à courir à travers le large et blanc Circus. Impossible maintenant de se cacher. En se retournant, il put voir le vieillard qui le poursuivait à grandes enjambées. On eût dit deux hommes se défiant à la course. Mais la tête du professeur restait toujours livide, grave, immobile et, pour tout dire, professorale: la tête d'un conférencier plantée sur le corps d'un arlequin.

Cette étrange course se continua sans répit à travers Ludgate-Circus, par Ludgate Hill, autour de la cathédrale de Saint-Paul, le long de Cheapside; Syme croyait revivre tous les cauchemars oubliés.

Enfin, il se dirigea vers le fleuve et s'arrêta tout près des docks. Il aperçut les portes jaunes d'un bar illuminé, s'y engouffra et commanda de la bière. C'était une taverne borgne, pleine de marins étrangers, un endroit, peut-être, où l'on fumait de l'opium, où l'on jouait du couteau…

L'instant d'après le professeur de Worms entra, s'assit avec précaution, et commanda un verre de lait.

VIII. EXPLICATIONS DU PROFESSEUR

☐

VIII. Explications du professeur

VIII

Explications du professeur

Quand il se trouva assis enfin et en face de lui les sourcils levés du professeur qui le regardait fixement sous ses paupières plombées, Syme se sentit de nouveau pris de terreur.

Donc, et sans qu'aucun doute là-dessus fût possible, cet être incompréhensible le poursuivait. Qu'il eût le privilège de réunir en sa personne les deux caractères du paralytique et du coureur, cela le rendait fort intéressant, mais encore plus inquiétant. La compensation serait mince, pour Syme, s'il parvenait à pénétrer le mystère du professeur, pendant que, de son côté, le professeur lui arracherait son propre secret.

Syme avait déjà vidé son pot de bière: le verre de lait du professeur était encore intact.

Une seule explication rassurante, mais si peu probable ! Peut-être le poursuivait-on sans l'épier, à proprement parler, sans le soupçonner; peut-être y avait-il là une sorte de rite, comme un signe de l'entrée en fonctions du nouveau conseiller; peut-être le nouveau Jeudi était-il et devait-il être ainsi poursuivi le long de Cheapside, ainsi que le nouveau lord-maire y est escorté.

Et Syme cherchait comment il pourrait bien entamer la conversation avec le vieux professeur, quand celui-ci lui adressa la parole. Sans le moindre préambule, avant que Syme eût formulé la question diplomatique qu'il venait enfin de trouver:

- Êtes-vous un policeman ? lui demanda le vieil anarchiste.

Si prêt à tout que fût Syme, il ne pouvait s'attendre à une telle question, si directe, si brutale. Malgré toute sa présence d'esprit, il ne trouva sur le moment rien de mieux que de répéter, en éclatant de rire, d'un rire forcé:

- Un policeman ! Un policeman !

Et il continuait de rire. Puis il reprit:

- Qu'y a-t-il donc en moi qui vous fasse penser à un policeman ?

- C'est très simple, dit le professeur, avec insistance, vous avez l'air d'un policeman. Je l'ai vu tout de suite et je le vois encore.

- Aurais-je pris par erreur, en quittant le restaurant, le chapeau d'un policeman ? Porté-je quelque part sur moi un numéro ? Mes chaussures ont-elles cette physionomie vigilante qui caractérise celles de policiers ? Pourquoi serais-je un policeman ? Pourquoi ne serais-je pas plutôt un facteur ?

Le vieux professeur branlait la tête avec une gravité désespérante. Syme reprit, sur un ton d'ironie fébrile:

- Peut-être certaines finesses de votre philosophie teutonique m'échappent-elles ? Peut-être, dans votre esprit, " policeman "est-il un terme tout relatif ? Du point de vue de l'évolution, monsieur, le singe se transforme en policeman par des degrés si insensibles, que je n'aurai sans doute pas perçu toutes ces délicates nuances. Le singe est le policeman qu'il sera peut-être un jour. La vieille fille de Clapham Common est peut-être le policeman qu'elle aurait pu être. Peu m'importe si j'ai l'aspect du policeman que j'aurais pu être. Peu m'importe d'être quoi que ce soit selon la philosophie allemande…

- Êtes-vous au service de la police ? interrogea froidement le vieillard, qui n'avait pas même écouté les plaisanteries improvisées et désespérées de Syme. Êtes-vous un détective ?

Le coeur de Syme cessa de battre, mais son visage ne changea pas d'expression.

- Votre supposition est ridicule, dit-il, pourquoi, jamais ?…

Le vieillard frappa de sa main paralysée la table bancale, qui chancela.

- Vous avez entendu ma question, espion trembleur ! fit-il d'une voix rauque: êtes-vous un détective, oui ou non ?

- Non ! répondit Syme, avec l'accent d'un homme qui serait sur le point d'être pendu.

- Vous le jurez ? dit le vieillard en s'accoudant sur la table, et son regard prit soudain une intensité menaçante. Vous le jurez ?

Syme se taisait.

- Le jurez-vous ? répéta le professeur. Si vous vous parjurez, savez-vous que vous serez damné ? Savez-vous que le diable dansera à votre enterrement ?

Savez-vous que le grand cauchemar vous attend déjà au bord de votre tombe ? Pas d'erreur entre nous, n'est-ce pas ! Vous êtes bien un anarchiste ! Vous êtes bien un dynamiteur et non pas un détective ! Vous n'appartenez en aucune façon à la police britannique !

Et il fit de sa main large ouverte un porte-voix à son oreille, comme pour ne rien perdre de la réponse attendue.

- Je n'appartiens pas à la police britannique, articula Syme avec le calme de la folie.

Le professeur de Worms se laissa retomber sur sa chaise de l'air étrange d'un homme qui s'évanouit gentiment.

- C'est dommage, dit-il, car, moi, j'en suis.

Syme se dressa en faisant choir bruyamment son banc.

- Vous êtes quoi ? murmura-t-il d'une voix tremblante. Qu'êtes-vous ?

- Un policeman, dit le professeur, qui sourit pour la première fois, tandis que ses yeux rayonnaient derrière ses lunettes. Puisque vous estimez que le mot policeman n'a qu'un sens relatif, nous ne pouvons nous entendre. Je suis de la police britannique et vous n'en êtes pas. Je n'ai donc qu'une chose à vous dire: je vous ai rencontré dans un club de dynamiteurs, et je pense que mon devoir est de vous arrêter.

Et il déposa sur la table l'exact fac-similé de la carte bleue que Syme portait dans la poche de son gilet.

Syme eut, un instant, l'impression que l'univers avait fait un demi-tour sur lui-même, que les arbres poussaient vers le sol et qu'il avait les étoiles sous ses pieds. Puis, peu à peu, il revint à la conviction contraire: pendant les dernières vingt-quatre heures l'univers était retourné sens dessus dessous, et c'était maintenant, tout, à coup, qu'il reprenait son équilibre. Ce diable qu'il avait fui des heures durant, voilà que c'était un frère aîné ! Et il considérait avec stupeur ce bon diable qui, lui-même, le considérait en riant.

Il ne fit aucune question. Il ne s'enquit d'aucun détail. Il se contenta du fait indéniable et heureux que cette ombre tant redoutée était devenue bienfaisante. Et il constata avec plaisir qu'il était lui-même un sot et un homme libre. On a toujours, dans toutes les convalescences, ce sentiment de saine humiliation. Dans ces crises, il vient un moment où il faut choisir entre trois choses: ou bien on s'obstine dans un orgueil satanique, ou bien on pleure, ou bien on rit. L'égotisme de Syme fit qu'il s'arrêta d'abord au premier parti, puis, sans transition, il adopta le troisième. Tirant de la poche de son gilet sa propre carte bleue, il la jeta, lui aussi, sur la table, puis il leva la tête de telle façon que la pointe de sa barbe menaçait le ciel, et il éclata de rire, d'un rire de barbare.

Même dans cette taverne peu sonore, où l'on n'entendait guère que le bruit des couteaux, des assiettes, des pots et des voix avinées, le rire homérique de Syme retentit si fort que plusieurs individus ivres à moitié se retournèrent.

- De quoi riez-vous, monsieur ? demanda un débardeur.

- De moi-même, répondit Syme, et il s'abandonna de nouveau à son accès de folle hilarité.

- Revenez à vous, conseilla le professeur, vous allez avoir une crise de nerfs ! Demandez encore de la bière. Je vais en faire autant.

- Vous n'avez pas bu votre lait, observa Syme.

- Mon lait ! fit l'autre avec un mépris insondable, mon lait ! Pensez-vous que je daigne jamais jeter un regard sur cette drogue quand ces maudits anarchistes ne me voient pas ? Nous sommes entre chrétiens, ici, quoique tous, continua-t-il en examinant la foule des consommateurs, ne soient pas de la plus stricte observance. Boire ce lait ! Dieu du ciel ! Attendez…

Et il fit tomber le verre, qui se brisa bruyamment en répandant le liquide argenté.

Syme le contemplait avec sympathie.

- Je comprends maintenant ! s'écria-t-il. Naturellement, vous n'êtes pas du tout un vieillard.

- Je ne puis ôter ma " figure "ici, répliqua le professeur: c'est une machine plutôt compliquée. Quant à savoir si je suis un vieillard, ce n'est pas à moi d'en juger. Lors de mon dernier anniversaire, j'avais trente-huit ans.

- Et vous n'êtes pas malade non plus.

- Si, répondit l'autre, flegmatiquement, je suis sujet aux rhumes.

Syme rit encore. Il s'égayait à penser que le vieux professeur était, en réalité, un jeune comédien, grimé comme au moment de paraître sur la scène. Mais il sentait qu'il aurait ri d'aussi bon coeur si un moutardier s'était renversé sur la table.

Le faux professeur vida son verre de bière, puis, passant sa main dans sa barbe:

- Saviez-vous, demanda-t-il, que ce Gogol fût des nôtres ?

- Moi ? Non, je ne savais pas, répondit Syme avec surprise. Mais, vous, l'ignoriez-vous donc ?

- Je n'en savais pas plus là-dessus que les morts du cimetière. Je croyais que le président voulait parler de moi, et je tremblais dans mes bottes.

- Et moi de même ! Je croyais qu'il parlait de moi ! Tout le temps, j'avais la main sur mon revolver.

- C'est ce que je faisais aussi, dit le professeur, et c'est évidemment ce que faisait aussi Gogol.

Syme frappa du poing la table:

- Trois ! s'écria-t-il, nous étions trois ! Trois contre quatre, on peut se battre ! Si nous avions su que nous étions trois !

La figure du professeur s'assombrit; il baissa les yeux.

- Eussions-nous été trois cents, dit-il, nous ne pouvions rien.

- Comment ? fit Syme interloqué, à trois cents contre quatre.

- Non, répondit le professeur, trois cents hommes ne pourraient venir à bout de Dimanche.

À ce seul nom, Syme redevint subitement grave. Le rire était mort dans son coeur avant d'expirer sur ses lèvres. Les traits de l'inoubliable président se présentèrent à son imagination avec toute la netteté d'une photographie en couleurs. Et il remarqua cette différence entre Dimanche et ses satellites, que leurs visages, si féroces qu'ils fussent, s'étaient peu à peu estompés déjà dans sa mémoire, tandis que celui de Dimanche y restait présent avec l'inaltérable énergie de la réalité. Bien plus, l'absence semblait le rendre plus énergique et vivant encore. C'était comme un portrait qui s'éveillerait à la vie.

Ils restèrent silencieux pendant quelques instants. Puis Syme parla, et ce fut comme la mousse qui s'échappe d'une bouteille de Champagne.

- Professeur ! s'écria-t-il, cela n'est pas tolérable ! Auriez-vous peur de cet homme ?

Le professeur leva ses lourdes paupières et appuya sur Syme le regard de ses yeux bleus, grands ouverts, où se lisait une franchise éthérée.

- Oui, dit-il doucement, et vous aussi.

Syme, d'abord, resta muet. Mais, se dressant soudain de toute sa hauteur, comme un homme insulté, il repoussa violemment sa chaise:

- Vous avez raison, commença-t-il d'une voix que rien ne peut rendre, j'ai peur de lui. C'est pourquoi je jure devant Dieu que je chercherai cet homme et que je le frapperai sur la bouche. Quand le ciel serait son trône et la terre son tabouret, je jure que je l'en arracherai.

- Comment ? demanda le professeur, et pourquoi ?

- Précisément parce que j'ai peur de lui. On ne doit pas laisser vivre un être dont on a peur.

Le professeur de Worms lorgna Syme et fit un effort pour parler. Mais Syme reprit aussitôt, à voix basse mais avec une exaltation continue:

- Qui donc condescendrait à frapper seulement les êtres dont il n'a pas peur ? Qui donc voudrait être brave à la façon d'un lutteur forain ! Qui donc voudrait ignorer la peur, comme un arbre ? Il faut lutter contre ceux que l'on craint. Vous souvient-il de cette vieille histoire d'un clergyman anglais qui administrait les derniers sacrements à un brigand sicilien ? Le grand détrousseur, à son lit de mort, dit au ministre: " Je n'ai pas d'argent à vous donner, mais voici un avis qui pourra toujours vous être utile: Le pouce sur la lame, et frappez de bas en haut ! "L'avis est bon, en effet: frappez de bas en haut, si vous voulez atteindre les étoiles !

- Dimanche est une étoile fixe, dit le professeur, le regard au plafond.

- Vous verrez que ce sera une étoile filante et tombée, conclut Syme en prenant son chapeau.

La décision de ce geste détermina le professeur à se lever.

- Avez-vous une idée ? demanda-t-il avec bienveillance. Savez-vous exactement où vous allez ?

- Oui, répondit Syme très vite. Je vais les empêcher de jeter leur bombe à Paris !
- Vous avez un moyen ?
- Non.

Syme ne voyait aucun moyen; il n'en était pas moins très décidé.

- Vous vous rappelez, reprit le professeur en se tirant la barbe et en regardant par la fenêtre d'un air désintéressé, qu'un peu avant de lever si précipitamment la séance, Dimanche avait confié tous les préparatifs de l'attentat au docteur Bull et au marquis. En ce moment, le marquis, probablement, est en train de passer le détroit. Mais, que fera-t-il et où ira-t-il ? On peut douter que Dimanche lui-même le sache. Ce qui est sûr, c'est que nous l'ignorons. Le seul homme qui soit au courant de l'affaire, c'est le docteur Bull.
- Malheur ! Et nous ne savons où le prendre ?
- Si, dit l'autre, de sa manière étrange et distraite; pour moi, je sais où le prendre.
- Me le direz-vous ?
- Je vous y mènerai, dit le professeur en décrochant son chapeau de la patère.

Syme le considérait, immobile à force d'être fébrile.

- Que voulez-vous dire ? M'accompagnerez-vous ? Partagerez-vous les risques avec moi ?
- Jeune homme, répondit le professeur avec gaîté, je vois que vous me prenez pour un lâche, et cela m'amuse. Je ne vous dirai qu'un mot, un mot tout à fait dans le goût de votre rhétorique philosophique: vous croyez qu'il est possible d'abattre le président; je sais que c'est impossible, et je vais essayer de le faire.

Il ouvrit la porte de la taverne. Une bouffée d'air marin pénétra dans la salle. Les deux détectives prirent l'une des rues sombres qui avoisinent les docks.

La neige fondue s'était changée en boue. Par places, dans le crépuscule, par petits tas, elle faisait des taches grises plutôt que blanches. Dans des flaques d'eau se réfléchissaient irrégulièrement les lumières des réverbères, comme des clartés émanées d'un autre monde. Syme éprouva une sorte d'étourdissement en pénétrant dans cette confusion de lumières et d'arbres. Mais son compagnon se dirigeait, d'un pas assez rapide, vers l'extrémité de la rue, où le fleuve, illuminé par les lampes, faisait comme une boue de flamme.

- Où allons-nous ? demanda Syme.
- Nous allons tourner le coin et voir si le docteur Bull est déjà couché. Il se couche tôt. Il a un grand respect pour les lois de l'hygiène.
- Le docteur habite ici ?
- Non. Il habite assez loin, de l'autre côté du fleuve. Mais, d'ici, nous pourrons voir s'il est couché.

Tout en parlant, ils atteignirent l'endroit que désignait le professeur. Celui-ci, de sa canne, montra, par-delà la nappe tachée de lumière, la rive opposée. C'était cette masse de hautes maisons, pointillées de fenêtres éclairées, qu'on voit, du côté de Surrey, s'élever, comme des cheminées d'usine, à des hauteurs insensées. En particulier, un corps de bâtiment semblait une Tour de Babel aux cent yeux. Syme n'avait jamais vu les skyscrapers américains; aussi ne songea-t-il, devant ce gigantesque bâtiment, qu'aux tours dont il avait rêvé.

Juste en cet instant, la lumière la plus haute de cette tour aux innombrables yeux s'éteignit brusquement, comme si ce noir Argus avait cligné de l'une de ses paupières.

Le professeur de Worms pirouetta sur son talon et frappa sa botte de sa canne:

- Nous arrivons trop tard; le prudent docteur est couché.

- Qu'est-ce à dire ? demanda Syme. Est-ce qu'il habite là-bas ?

- Oui, précisément derrière cette fenêtre que vous ne pouvez plus voir. Venez, allons souper. Nous irons le voir demain matin.

Ils suivirent plusieurs ruelles et gagnèrent les lumières et le bruit d'East India Dock Road. Le professeur, qui paraissait bien connaître ces parages, se dirigea vers un endroit où la ligne illuminée des boutiques était subitement brisée par un bloc d'ombre et de silence. Un vieil hôtel recrépi, mais délabré, occupait ce retrait, à vingt pas de la rue.

- On trouve un peu partout, expliqua le professeur de Worms, de bons vieux hôtels anglais abandonnés comme des fossiles. Il m'est arrivé de découvrir un hôtel très convenable dans le West End.

- Je pense, dit Syme en souriant, que voici le pendant de celui-ci dans l'East End.

- Vous avez deviné, répondit poliment le professeur en entrant.

Ils dînèrent, puis dormirent, et s'acquittèrent très consciencieusement de ces deux fonctions. Des haricots et du lard apprêtés à merveille, un excellent bourgogne qui s'étonnait de sortir de pareilles caves, achevèrent de donner à Syme la confortable assurance qu'il possédait un nouvel ami. Tout au long de cette épreuve, sa crainte la plus vive avait été de rester isolé. Aucun mot ne saurait exprimer la différence qu'il y a entre l'alliance de deux hommes et l'isolement de chacun d'eux. On peut concéder aux mathématiciens que deux et deux font quatre. Mais, deux, ce n'est pas l'addition de un et un: deux, c'est deux mille fois un ! C'est pourquoi l'humanité restera toujours fidèle à la monogamie, malgré tous les inconvénients qu'elle comporte.

Syme put enfin, pour la première fois, faire le récit de son incroyable aventure, depuis le moment où Gregory l'avait introduit dans la petite taverne, près de la rivière. Il fit ce récit avec abondance, sans se presser, comme un homme qui conte une histoire à de très anciens amis. De son côté, le professeur de Worms ne fut pas moins communicatif. Son histoire était presque aussi ridicule que celle de Syme.

- Votre déguisement est excellent, dit Syme en vidant un verre de mâcon. Il vaut mille fois celui de ce vieux Gogol. Dès le premier regard, je l'avais trouvé trop chevelu.

- Nous avons, lui et moi, deux différentes conceptions de l'art, répondit le professeur, pensif. Gogol est un idéaliste. Il a fait de sa propre personne la représentation idéale, platonicienne, de l'anarchiste. Moi, je suis un réaliste. Je suis un portraitiste, encore n'est-ce pas assez dire: je suis un portrait.

- Je ne comprends pas.

- Je suis un portrait, répéta le professeur. Je suis le portrait du fameux professeur de Worms, qui, si je ne me trompe, est en ce moment à Naples.

- Vous voulez dire que vous vous êtes grimé à sa ressemblance, n'est-ce pas ? Mais ne sait-il pas que vous abusez de son nez ?

- Il le sait parfaitement.

- Alors, pourquoi ne vous dénonce-t-il pas ?

- C'est moi qui l'ai dénoncé.

- Expliquez-vous !

- Avec plaisir, si vous voulez bien écouter mon histoire, répondit l'éminent philosophe. Je suis, de mon métier, acteur, et je me nomme Wilks. Quand j'étais sur les planches, je fréquentais toutes sortes de bohèmes et de coquins. J'avais des accointances parmi la racaille du turf, les artistes ratés et aussi les réfugiés politiques. Un jour, dans une taverne où ces rêveurs exilés se rencontraient, je fus présenté à ce grand philosophe nihiliste, l'Allemand de Worms. Je n'observai en lui rien de très particulier, si ce n'est son aspect physique, qui était répugnant, et que je me mis à étudier avec soin. Autant que j'ai pu le comprendre, il prétendait démontrer que Dieu est le grand principe destructeur de l'univers; d'où il déduisait la nécessité d'une énergie furieuse et de tous les instants qui brisât tout. " L'Énergie, disait-il, l'Énergie est tout. "Il était perclus, myope, à demi paralytique. Quand je fis sa connaissance, il se trouva que j'étais en goût de plaisanter, et, justement parce qu'il m'inspirait une profonde horreur, je résolus de le singer. Si j'avais su dessiner, j'aurais fait sa caricature. Je n'étais qu'un acteur, et je ne pus que devenir, moi-même, sa caricature. Je me grimai donc à sa ressemblance, en exagérant toutefois un peu la dégoûtante caducité de mon modèle. Ainsi fait, je me rendis dans un salon où se réunissaient les admirateurs du professeur. Je m'attendais à être accueilli par des éclats de rire ou par une bordée d'injures indignées, selon l'état d'esprit où se trouveraient ces messieurs. Je ne saurais dire quelle surprise fut la mienne, lorsqu'il se fit, à mon aspect, un silence religieux, suivi, quand j'ouvris la bouche, d'un murmure admiratif. Je subissais la malédiction de l'artiste parfait. J'avais été trop habile, j'étais trop vrai. Ils me prenaient pour le grand apôtre nihiliste lui-même. J'étais alors un jeune homme parfaitement sain d'esprit, et cette circonstance fit sur moi une impression profonde. Mais, avant que je fusse revenu de mon étonnement, deux ou trois de mes admirateurs s'approchèrent de moi, tout frémissants d'indignation, et me dirent que j'étais publiquement outragé dans la pièce voisine. Je demandai de quelle nature était cet outrage, et j'appris qu'un impertinent osait me parodier. J'avais bu plus de Champagne, ce jour-là, que de raison, et, par un coup de folie, je résolus d'aller jusqu'au bout. Sur ces entrefaites, le professeur lui-même entra; toutes les personnes qui m'entouraient le toisèrent, et je le considérai d'un regard glacial, les sourcils haut levés.

" J'ai à peine besoin d'ajouter qu'il y eut une collision. Les pessimistes qui composaient la galerie considéraient tantôt l'un, tantôt l'autre des deux de Worms, se demandant lequel était le plus impotent. C'est moi qui gagnai. Un vieillard de santé précaire, comme mon rival, ne pouvait donner aussi complètement qu'un jeune acteur dans la force de l'âge l'impression d'une agonie ambulante. Il était réellement paralytique, voyez-vous, tandis que, moi, je ne l'étais que pour mes spectateurs, et je le fus bien mieux et bien plus que lui. Il voulut alors me battre sur le terrain philosophique. Je me défendis par une ruse bien simple. Chaque fois qu'il disait une chose incompréhensible pour tout autre que lui-même, je ripostais par quelque chose que, moi-même, je ne comprenais pas.

" - Je ne pense pas, me dit-il, que vous auriez su dégager ce principe, à savoir que l'évolution est nécessairement négative, parce qu'elle implique la supposition de lacunes essentielles à toute différenciation. "Je répondis avec mépris: " - Vous avez lu cela dans Prickwerts; quant à l'idée que l'involution fonctionne eugénétiquement, il y a longtemps qu'elle a été exposée par Glumpe. "Inutile de vous dire que Prickwerts et Glumpe n'ont jamais existé. Mais je fus assez étonné de voir que les témoins paraissaient se souvenir parfaitement de ces auteurs.

" Le professeur, se voyant, en dépit de sa méthode savante et mystérieuse, à la merci d'un adversaire dénué de scrupules, essaya de me désarçonner par une plaisanterie: " - Je vois, dit-il, que vous triomphez à la manière du faux porc d'Ésope ! - Et vous, répliquai-je, vous êtes battu comme le hérisson de Montaigne. "Je ne sache pas, je vous l'avoue, qu'il soit question de hérisson dans Montaigne. " Voilà que vous perdez vos moyens, dit-il, on pourrait en dire autant de votre barbe. "

" À cela je ne sus que dire. L'attaque était trop directe, trop juste et assez spirituelle. " - Comme les bottes du parthéiste ! ", fis-je au hasard, en riant d'un air bonhomme, et, tournant péniblement sur mes talons, je m'éloignai, avec tous les honneurs de la victoire. Le véritable professeur fut expulsé, sans violence, toutefois, sauf qu'un énergumène s'épuisa en patients efforts pour lui arracher son nez. Aujourd'hui encore, il passe dans toute l'Europe pour un délicieux mystificateur. Son sérieux apparent, voyez-vous, sa colère jouée ne le rendaient que plus amusant.

- Je comprends, dit Syme, que vous vous soyez amusé, un soir, à vous affubler de sa vilaine vieille barbe. Mais, comment ne vous en êtes-vous pas débarrassé ensuite ?

- Vous me demandez la fin de mon histoire ? dit l'acteur. Voici. En quittant la compagnie, suivi d'applaudissements respectueux, je m'engageai en boitant dans une rue obscure, espérant être bientôt assez loin de mes admirateurs pour pouvoir marcher comme un homme. Je doublais le coin de la rue, quand je me sentis touché à l'épaule, et, en me retournant, je me trouvai dans l'ombre d'un énorme policeman. Il me dit " qu'on avait besoin de moi ". Je me campai dans la plus héroïque attitude que pût prendre un paralytique et m'écriai, avec un fort accent germanique: " - En effet, on a besoin de moi: tous les opprimés de l'univers me réclament ! Mon crime, n'est-ce pas, est d'être le grand anarchiste, le professeur de Worms. "Impassible, le policeman consulta un papier qu'il avait à la main: " - Non, monsieur, me dit-il poliment, ou du moins ce n'est pas tout à fait cela. Je vous arrête sous l'inculpation de n'être pas le fameux professeur de Worms. "Cette inculpation était, certes, moins grave que l'autre. Je suivis ce policeman. J'étais inquiet, mais non pas effrayé. Je fus conduit dans le cabinet d'un officier de police qui m'expliqua qu'une sérieuse campagne était ouverte contre les grands centres anarchistes et que mon heureuse mascarade pourrait être fort utile à la sécurité publique. Il m'offrit un bon salaire et la carte bleue. Notre conversation fut très brève; je me convainquis pourtant que j'avais affaire à un homme d'un humour et d'un bon sens puissants. Mais je ne puis pas dire grand-chose de sa personne, car...

Syme déposa sa fourchette et son couteau.

- Je sais, dit-il, c'est parce que vous lui avez parlé dans une chambre obscure.

Le professeur de Worms acquiesça et vida son verre.

IX. L'HOMME AUX LUNETTES

☐

IX. L'homme aux lunettes

IX

L'homme aux lunettes

- C'est une bonne chose que le bourgogne, dit le professeur tristement, en déposant son verre sur la table.
- On ne le croirait pas, à vous voir: vous le buvez comme si c'était une drogue.
- Excusez-moi, je vous prie, dit le professeur toujours tristement. Mon cas est assez curieux. Mon coeur est plein de joie, mais j'ai si bien et si longtemps joué le professeur paralytique que je ne peux plus me séparer de mon rôle. C'est à ce point que, même avec mes amis, je reste déguisé; je parle bas, je fais jouer les rides de ce front comme si c'était mon front. Je puis être tout à fait heureux, mais, comprenez-moi bien, à la manière seulement d'un paralytique. Les exclamations les plus joyeuses qui me viennent du coeur se transforment d'elles-mêmes en passant par mes lèvres. Ah ! si vous m'entendiez dire: " Allons ! vieux coq ! courage ! ", vous en auriez les larmes aux yeux.
- Je les ai, en effet, dit Syme. Au fond, ce rôle doit vous ennuyer un peu.
Le professeur eut un léger haut-le-corps et le fixa.
- Vous êtes un garçon bien intelligent, dit l'acteur-professeur; c'est plaisir de travailler avec vous. Oui, j'ai un gros nuage dans la tête... Et ce terrible problème à résoudre !

Il serra son front chauve dans ses mains, puis, à voix basse:

- Jouez-vous du piano ?

- Oui, dit Syme un peu étonné: on dit même que je n'en joue pas mal.

Puis, comme l'autre ne parlait plus:

- J'espère que le gros nuage a passé, reprit Syme.

Après un long silence, le professeur, du fond de l'ombre caverneuse de ses mains, murmura:

- Il m'eût été tout aussi agréable d'apprendre que vous savez pianoter sur une machine à écrire.

- Merci, dit Syme, vous me flattez.

- Écoutez-moi, reprit le professeur, et rappelez-vous qui nous devons voir demain. Vous et moi, demain, nous tenterons quelque chose de bien plus difficile que de voler les joyaux de la Couronne dans la Tour de Londres. Nous tenterons d'arracher son secret à un homme très fort, très fin et très méchant. Il n'y a, je crois, personne, après le président, d'aussi formidable que ce petit homme, avec son sourire et ses lunettes. Il n'a peut-être pas l'enthousiasme chauffé à blanc du secrétaire ni sa folie du martyre. Mais le fanatisme du secrétaire a je ne sais quoi de pathétique, d'humain; c'est un trait qui le rachète. Le petit docteur jouit d'une robuste santé, plus révoltante mille fois que l'insanité du secrétaire. N'avez-vous pas remarqué sa virilité, sa vitalité détestable ? Il bondit avec l'élasticité d'une balle de caoutchouc. Croyez-moi, Dimanche ne dormait pas - je ne sais s'il dort jamais ! - quand il confia tout le plan de l'attentat à la tête ronde et noire du docteur Bull.

- Et vous pensez, dit Syme, que ce monstre sans pareil s'attendrisse quand je lui jouerai du piano ?

- Ne faites donc pas l'imbécile ! répondit son mentor. J'ai parlé du piano à cause de l'agilité et de l'indépendance qu'il donne aux doigts. Nous voulons, Syme, avoir cette entrevue et en sortir sains et saufs. Il faut donc que nous convenions entre nous de quelques signes auxquels cette brute ne puisse rien comprendre. Je me suis composé un grossier alphabet chiffré correspondant aux cinq doigts; comme ceci, voyez-vous ?

Et il frappa du bout des doigts sur la table:

- B A D, bad, mauvais, un mot dont nous aurons souvent besoin, je le crains.

Syme se versa un verre de vin et se mit à étudier cette science nouvelle. Très rompu au jeu des charades, très habile aux tours de passe-passe, il fut bien vite à même de transmettre un message par un certain nombre de coups frappés sur la table ou sur son genou. Mais le vin et la conversation développaient singulièrement en lui un goût naturel pour la farce, et le professeur eut bientôt à lutter contre les excessifs développements que prenait son invention en passant par le cerveau surchauffé de Syme.

- Il nous faut, dit Syme, quelques abréviations pour les mots que nous aurons souvent à employer, pour indiquer de délicates nuances...

- Cessez de plaisanter, dit le professeur. Vous ne soupçonnez pas combien tout cela est sérieux.

- Mon mot favori est " contemporain "; quel est le vôtre ? Il nous faut aussi le mot " luisant "poursuivit Syme en hochant la tête d'un air capable. Cela se dit de l'herbe, vous savez ?

Le professeur s'emporta.

- Pensez-vous, s'écria-t-il que nous allons parler d'herbe au docteur Bull ?

- Il y a bien des moyens d'approcher ce sujet, poursuivit Syme, pensif, et d'amener ce mot sans qu'il paraisse forcé. Nous pourrions, par exemple, dire au docteur Bull: " En qualité de révolutionnaire, vous devez vous rappeler qu'un tyran nous a conseillé de manger de l'herbe, et, en effet, à l'aspect brillant et luisant de l'herbe des prés... "

- Mais enfin ! Ne comprenez-vous pas que nous sommes en pleine tragédie ?

- Parfaitement, répondit Syme, il faut toujours du comique dans une tragédie. Et que pourrait-il y avoir d'autre ? Je voudrais que votre langue eût plus d'étendue et de ressources. Ne pourrions-nous pas nous servir des doigts des pieds comme de ceux des mains ? Il nous suffirait d'ôter discrètement nos chaussures et nos chaussettes pendant la conversation, et alors...

- Syme, lui dit son nouvel ami avec une sévère simplicité, Syme, allez vous coucher !

Le lendemain matin, l'orient était encore scellé de nuit quand il s'éveilla. Son allié à la barbe grise se tenait debout près de son lit.

Syme s'assit en se frottant les yeux. Lentement ses esprits lui revinrent. Il repoussa la couverture et se leva.

Il lui sembla que toute l'atmosphère de sociabilité et de sécurité qu'il avait respirée pendant la précédente soirée le quittait avec ses couvertures; il trouva en se levant l'air froid et hostile, comme le danger. Il ne mettait pas en doute la loyauté de son compagnon: mais la confiance qui les unissait était celle de deux hommes qui vont monter à l'échafaud.

- J'ai rêvé de votre alphabet, dit-il avec une gaîté forcée en enfilant son pantalon. Vous a-t-il coûté beaucoup de temps ?

Le professeur ne répondit pas. Ses yeux, couleur de mer hivernale, regardaient dans le vague.

Syme réitéra sa question.

- Je vous demande s'il vous a fallu beaucoup de temps pour trouver tout cela. L'invention témoigne d'une réelle ingéniosité. J'ai eu besoin d'une bonne heure d'exercice pour m'y mettre. Avez-vous su tout de suite vous exprimer ainsi ?

Le professeur restait silencieux. Il souriait finement, faiblement

- Combien de temps vous a-t-il fallu ?

Le professeur ne bougea pas.

- Que Dieu vous confonde ! Êtes-vous devenu muet ? s'écria Syme avec une colère qui cachait quelque inquiétude. Il ne savait pas au juste si le professeur pouvait répondre.

Et Syme s'immobilisait lui-même devant cette figure immobile et parcheminée, ces yeux bleus, sans expression. Sa première pensée fut que le professeur était devenu fou, mais sa seconde pensée fut plus terrible encore. Que savait-il, après tout, de cette créature étrange dont il avait accepté, sans méfiance, l'amitié ? Que savait-il, sinon qu'il avait rencontré cet homme au déjeuner des anarchistes, puis qu'il lui avait entendu conter une histoire ridicule ? N'était-il pas invraisemblable que le Conseil présidé par Dimanche comptât, outre Gogol, un autre ami ? Le silence de cet individu signifiait-il une sensationnelle déclaration de guerre ? Fallait-il lire dans ces yeux sans vie l'affreuse pensée d'un triple traître, qui venait de déserter pour la troisième fois ? Dans cet impitoyable silence, Syme tendait l'oreille.

Il croyait entendre dans le corridor les pas furtifs des dynamiteurs accourus pour se saisir de lui.

Mais, par hasard, son regard se baissa, et il poussa un grand éclat de rire.

Les cinq doigts du professeur, qui se tenait là muet comme une statue, dansaient pendant ce temps sur la table. Syme guetta les rapides mouvements de cette main éloquente et lut sans peine ce message:

- Je ne veux parler qu'ainsi; il faut nous y habituer.

Il fit, de ses doigts, cette réponse, avec une hâte où s'avouait la satisfaction de se sentir soudainement délivré d'une chaude alarme:

- Fort bien, allons déjeuner.

Ils prirent en silence cannes et chapeaux. Syme ne put s'empêcher de crisper sa main sur sa canne à épée.

Ils ne s'arrêtèrent qu'un moment pour avaler quelques sandwiches et du café dans un bar, puis ils passèrent le fleuve, qui, dans la lumière désolée du matin, était aussi désolé que l'Achéron. Ils gagnèrent le grand corps de bâtiment qu'ils avaient vu, la veille, de l'autre côté de l'eau, et se mirent à gravir en silence les innombrables marches de pierre, s'arrêtant seulement de temps à autre pour échanger, sur la rampe de fer, de brèves observations. Tous les deux paliers, une fenêtre leur permettait de voir le pénible lever d'une aube pâle et morne sur Londres. Les innombrables toits d'ardoise étaient comme les vagues d'une mer grise, troublée après une pluie abondante. Syme songeait que ce nouvel épisode où il s'engageait était, de tous ceux par lesquels il avait passé déjà, le pire. C'était froid, raisonnable et terrible. La veille, le grand bâtiment lui était apparu comme une tour telle qu'on en voit en rêve. Maintenant, il s'étonnait de ces marches interminables, fatigantes; il était comme intimidé de leur succession infinie. Ce n'était pas l'horreur ardente du songe, de l'illusion, de l'exagération. C'était de l'infini abstrait, mathématique, quelque chose d'impossible à penser et d'indispensable pourtant à la pensée. Cela rappelait les constatations stupéfiantes de l'astronomie sur les distances qui séparent les étoiles fixes. Syme faisait l'ascension du palais de la Raison, laquelle passe en hideur la Déraison elle-même.

Au moment où ils atteignirent la porte du docteur Bull, ils virent par une dernière fenêtre l'aurore s'encadrer d'une grossière bordure rouge, du rouge de l'argile plutôt que des nuages.

Et quand ils entrèrent dans la mansarde du docteur, elle était inondée de lumière.

Syme était hanté d'un souvenir historique, qu'il associait à ces chambres vides et à cette aurore austère. En pénétrant dans la mansarde, en voyant le docteur assis à une table et en train d'écrire, il se précisa aussitôt ce souvenir. Un souvenir de la Révolution française. Entre la bordure rouge et la blanche aurore elle-même, comment se pouvait-il que le profil noir de la guillotine ne se montrât pas ? Le docteur Bull ne portait qu'une chemise blanche et un pantalon noir; cette tête brune, rasée, n'appelait-elle pas la perruque ? Ne venait-elle pas de la quitter ? Il eût pu être Marat ou un Robespierre moins soigneux.

Pourtant, à le regarder de plus près, on perdait l'envie de penser à la France. Les Jacobins étaient des idéalistes. Cet homme exhalait un matérialisme meurtrier.

Il apparaissait ici sous un nouvel aspect. La forte lumière blanche de la matinée, venant toute du même côté et projetant des ombres très précises, pâlissait son visage et en accentuait les angles. Il semblait plus pâle et plus anguleux que la veille pendant le déjeuner sur le balcon. Les lunettes qui couvraient ses yeux jouaient la profondeur de cavités ouvertes dans son crâne et lui donnaient l'apparence d'une tête de mort.

Si jamais, en effet, la mort s'est assise à une table pour écrire, ce dut être ce jour-là.

Il leva les yeux et accueillit les deux hommes d'un sourire assez gai, et il quitta son siège avec cette rapidité dont le professeur avait parlé. Il avança pour eux deux chaises, prit à une patère, derrière la porte, un gilet et un veston de cheviotte grossière, se boutonna correctement et s'assit à la place où les deux visiteurs l'avaient trouvé, près de la table.

Ses mouvements étaient si naturels, si aisés, que Syme et le professeur en furent gênés. C'est avec une certaine hésitation que le professeur rompit le silence et commença:

- Je m'excuse de vous déranger de si grand matin, camarade, dit-il en reprenant les façons lentes et prudentes de Worms. Vous avez sans doute tout préparé pour l'affaire de Paris ? Et il ajouta très lentement: Tout retard, d'après les informations que nous avons reçues, serait funeste.

Le docteur Bull souriait toujours et ne parlait pas. Le professeur reprit, s'arrêtant à chaque mot:

- Je vous en prie, ne vous blessez pas de notre procédé. Il faut modifier les plans, ou, s'il est trop tard pour y rien changer, rejoindre tout de suite le camarade chargé de l'action et le prémunir contre des dangers imprévus. Le camarade Syme et moi, nous avons eu une aventure. Il me faudrait plus de temps pour vous l'expliquer qu'il ne nous en est laissé pour en profiter. Je suis prêt néanmoins, mais les minutes sont précieuses, à vous donner tous les détails, si vous croyez qu'il vous soit essentiel de les connaître pour résoudre le problème qui nous occupe.

Il tirait ses phrases en longueur, il les faisait insupportablement filandreuses, dans l'espoir d'impatienter le petit docteur, de révolter son sens pratique et de l'amener à une explosion de rage où se montrerait son jeu. Mais le petit docteur souriait toujours, et le monologue du professeur était peine perdue. Syme s'impatientait, et à son impatience se mêlait un sentiment de désespoir. Il venait de subir, une demi-heure plus tôt, avec quelque terreur, le silence cataleptique du professeur; mais ce n'était rien auprès du silence souriant du docteur ! Il y avait toujours, dans les fantaisies du professeur, quelque chose de grotesque, simplement, qui rassurait. Syme se rappelait ses angoisses de la veille, comme on pense à la peur qu'on eut, tout enfant, de Croquemitaine. Mais, ici, on était dans la lumière du jour; il y avait dans cette chambre un homme sain et fort, en habits du matin, un homme nullement original, si ce n'est par ses vilaines lunettes, un homme qui ne montrait pas les dents, qui ne jetait pas de regards furieux: un homme qui souriait et se taisait ! C'est cette réalité qui était insupportable. Sous la lumière grandissante du jour, les nuances du teint du docteur, du drap de son habit, prenaient un relief effrayant, comme il arrive que des détails sans intérêt, dans les romans naturalistes, prennent une importance excessive. Toutefois, rien de provocant dans le sourire, rien d'impertinent dans le port de la tête. Seul son silence était de plus en plus inquiétant.

- Comme je viens de le dire, reprit le professeur avec l'effort d'un homme qui se fraierait un chemin dans le sable, l'aventure qui nous est arrivée et qui nous amène chez vous, pour nous informer au sujet du marquis, est de telle nature que, peut-être, vous désirerez en connaître les détails. Mais, car elle est arrivée à Syme plutôt qu'à moi...

Les mots se suivaient péniblement, il les prolongeait comme dans un hymne, et Syme, qui était sur ses gardes, vit les longs doigts du professeur frapper à coups précipités sur le bord de la table. Voici ce qu'il lut:

- À vous ! Le démon a vidé mon sac.

Syme monta sur la brèche avec cette bravoure et cette faconde qui ne l'abandonnaient jamais au moment du danger.

- En effet, interrompit-il, l'aventure m'est personnelle. J'ai eu l'avantage de m'entretenir avec un détective qui, sans doute à cause de mon chapeau, me prenait pour une personne honorable. Dans le dessein de conserver son estime, je l'ai emmené au Savoy, où je l'ai grisé. Alors, il est devenu communicatif et m'a confié que la police avait bon espoir d'arrêter, avant deux jours, le marquis, en France. De sorte que, si l'un de nous ne se met pas immédiatement à la recherche du marquis…

Le docteur souriait toujours le plus aimablement du monde, et ses yeux, protégés par ses lunettes, restaient impénétrables. Le professeur avertit Syme qu'il allait reprendre cette conversation et il reprit en effet avec un calme étudié.

- Syme me rapporta aussitôt la nouvelle, dit-il, et nous sommes venus pour demander quel usage il convient d'en faire. Il me semble urgent, indiscutablement, de…

Pendant ce temps, Syme s'était mis à regarder le docteur fixement, aussi fixement que le docteur regardait le professeur; mais Syme, lui, ne souriait pas. Les nerfs des deux camarades de combat étaient tendus à se rompre.

Tout à coup, Syme avança le buste et frappa légèrement le bord de la table. Il disait à son allié:

- J'ai une idée.

- Asseyez-vous dessus, répondit le professeur sans interrompre son monologue.

- Une idée extraordinaire, télégraphia Syme.

- Une extraordinaire blague.

- Je suis un poète, protesta Syme.

- Vous êtes un homme mort, répliqua l'autre.

Syme sentit le rouge lui monter jusqu'aux racines des cheveux. Ses yeux brûlaient de fièvre. Comme il le disait, il avait une idée, une idée qui s'imposait à son esprit avec l'autorité d'une évidente certitude. Reprenant son pianotage, il dit:

- Vous ne vous doutez pas combien mon idée est poétique. Elle a toute la délicieuse spontanéité du printemps.

Puis, il étudia la réponse de son ami; elle était ainsi formulée:

- Au diable !

Et le professeur continua son monologue.

- Peut-être devrais-je plutôt dire, reprit Syme avec ses doigts, que mon idée a la fraîcheur salubre de l'air marin qu'on respire dans les forêts luisantes et humides de rosée.

Le professeur ne daigna pas accuser réception de cette communication.

- Ou bien encore, insista Syme, elle a cette réalité positive et charmante des cheveux d'or en fusion d'une belle femme.

Le professeur parlait toujours.

Syme décida d'agir sans plus attendre.

Il s'accouda sur la table, et, d'une voix qui réclamait l'attention:

- Docteur Bull ! dit-il.

Le visage souriant du docteur ne remua point, mais on eût juré que, sous ses lunettes noires, ses yeux étaient fixés sur Syme.

- Docteur Bull, reprit Syme, courtoisement, mais nettement, voudriez-vous me faire un grand plaisir ? Ayez la bonté d'ôter vos lunettes.

Le professeur se retourna sur sa chaise en décochant à Syme un regard de reproche et de colère froide.

Syme, pareil à un homme qui a jeté sur la table sa fortune et sa vie, restait penché en avant, la figure en feu.

Le docteur ne bougeait pas.

Pendant quelques secondes, il régna un silence tel qu'on eût entendu une aiguille tolm-ber; seul le sifflet d'un lointain steamer, sur la Tamise, l'interrompit.

Puis, le docteur Bull se leva lentement, sans cesser de sourire, et ôta ses lunettes.

Syme se dressa sur ses pieds, en se reculant un peu, comme un professeur de chimie qui vient de faire éclater des gaz dans une cornue. Ses yeux étaient comme des étoiles et un instant son émotion fut si forte qu'il ne put que montrer du doigt sans parler.

Le professeur lui-même, oubliant sa prétendue paralysie, s'était levé aussi. Il s'appuyait au dossier de sa chaise et contemplait le docteur Bull d'un air indécis, comme si le redoutable personnage s'était soudain métamorphosé en crapaud. En réalité, la transformation du docteur était stupéfiante.

Les deux détectives voyaient, assis devant eux un très jeune homme, presque un jeune garçon, aux yeux brun clair, heureux et franc, à la physionomie ouverte, habillé d'une manière vulgaire, comme un employé de la Cité, certainement un être très bon et plutôt commun. Le docteur souriait toujours, mais son sourire était maintenant celui d'un enfant.

- Quand je le disais que je suis un poète ! s'écria Syme, extasié. Je savais bien que mon pressentiment était aussi infaillible que le Pape ! Tout était dans les lunettes ! Absolument tout ! Et même, en dépit de ses sacrées lunettes, sa santé et sa bonne mine faisaient de lui un diable vivant, au moins parmi ces diables morts et déterrés !

- Certainement, il y a une différence, dit le professeur en branlant le chef. Pour ce qui est des plans du docteur Bull...

- Ses plans ! s'exclama Syme, hors de lui. Mais regardez donc son visage, son col, ses chaussures ! Que Dieu le bénisse ! Vous n'allez pas prétendre, je suppose, que ce soit là un anarchiste !

- Syme ! fit le professeur, tremblant de crainte.

- Par Dieu ! reprit Syme, j'en veux courir le risque. Docteur Bull, je suis de la police, voici ma carte.

Et il jeta la carte bleue sur la table.

Le professeur fit le geste qui signifie: Tout est perdu ! Mais il était loyal. Il tira sa carte de sa poche et la déposa tranquillement à côté de celle de Syme.

Alors, le docteur éclata de rire, et, pour la première fois, les deux amis entendirent sa voix.

- Je suis rudement content que vous soyez venus de si bon matin, dit-il avec la désinvolture d'un potache. Nous pourrons ainsi partir ensemble pour la France. Oui, je suis de la police, parfaitement.

Et, avec négligence, comme on s'acquitte d'une pure formalité, il montra sa carte à ses visiteurs.

Puis, il se coiffa d'un chapeau melon, et, reprenant ses lunettes diaboliques, il se dirigea si rapidement vers la porte que les deux autres le suivirent sans prendre le temps de la réflexion.

Mais Syme avait l'air distrait en sortant de la chambre, il frappa de sa canne les pierres du couloir.

- Dieu tout-puissant ! s'écria-t-il, alors, il y avait donc plus de damnés détectives que de damnés anarchistes dans ce damné Conseil !

- Oui, quatre contre trois, dit Bull. Nous aurions pu nous battre.

Le professeur descendait devant eux. Sa voix leur vint d'en bas:

- Non, disait cette voix, nous n'avions pas la chance d'être quatre contre trois, nous étions quatre contre Un.

Ils descendirent en silence.

Avec la politesse qui le caractérisait, Bull avait fait passer les premiers ses compagnons dans l'escalier. Mais, dans la rue, sa juvénile impatience l'emporta, et il les précéda en se dirigeant vers un bureau d'informations de chemin de fer. Tout en marchant:

- Quel plaisir de rencontrer des copains ! leur disait-il par-dessus l'épaule. Je mourais de peur, de me sentir seul. Hier, j'ai failli embrasser Gogol, ce qui eût été une imprudence, je le reconnais. Au moins, n'allez pas me mépriser parce que je vous avoue ma peur bleue !

- Tous les diables bleus de l'enfer bleu ont contribué à ma peur bleue, reconnut Syme, mais de tous les diables que nous redoutions, le pire, c'était vous, avec vos lunettes infernales !

- Je suis assez réussi, n'est-ce pas ? observa Bull avec satisfaction. Et que c'est simple, pourtant ! L'idée ne m'appartient pas, je n'aurais jamais trouvé cela tout seul. Je vais vous dire. J'avais l'intention d'entrer au service antianarchiste. Mais il fallait me déguiser en dynamiteur, et tous les chefs juraient leurs grands dieux que je n'y parviendrais jamais. Ils disaient que mon allure, mon attitude, mes gestes, tout trahissait en moi la respectabilité; vu de dos, je ressemblais à la Constitution anglaise; j'avais l'air trop bien portant, trop optimiste; j'inspirais la confiance et respirais la bienveillance. Enfin, ils ne m'épargnèrent aucune injure, à Scotland Yard. Ils allèrent même jusqu'à prétendre que, si j'avais été un malfaiteur, j'aurais pu faire fortune avec mon air d'honnête homme, mais que, puisque j'avais le malheur d'être un honnête homme, je ne pouvais leur rendre aucun service en jouant le malfaiteur. On me présenta néanmoins au grand chef, un bonhomme qui doit porter sur ses épaules une tête solide. Devant lui, les autres firent diverses propositions. Celui-là voulait cacher mon sourire jovial sous une barbe touffue. Celui-ci pensait à me noircir la figure pour me déguiser en anarchiste nègre. Mais le vieux les fit taire: " Une paire de lunettes fumées fera l'affaire, dit-il; regardez-le en ce moment, on dirait un angélique garçon de bureau; mettez-lui des lunettes noires et les enfants crieront de terreur à son aspect. "Il disait vrai, par saint Georges ! Une fois mes yeux cachés, tout le reste, mon sourire, mes larges épaules, mes cheveux courts, tout contribua à me donner la mine d'un vrai diable d'enfer. Ce fut simple comme un miracle. Mais il y eut quelque chose de plus miraculeux encore, quelque chose de vraiment renversant. J'ai le vertige rien que d'y penser.

- Quoi donc ? demanda Syme.

- Voici. Le grand chef qui me jaugea si vite, qui me conseilla de porter mes précieuses lunettes, eh bien, cet homme, par Dieu ! ne m'a jamais vu.

- Comment ? s'écria Syme en dirigeant sur lui son regard tel un éclair. Vous dites que vous lui avez parlé !

- C'est vrai. Mais nous nous parlâmes dans une chambre noire comme une cave à charbon. Auriez-vous imaginé cela ?

- Jamais, répondit Syme, gravement.

- C'est du neuf, en effet, dit le professeur.

Leur nouvel allié était, dans les choses de la vie pratique, rapide comme un ouragan. Au bureau d'informations, il demanda, avec la concision d'un homme d'affaires, les heures des trains pour Douvres. Aussitôt renseigné, il mit ses amis dans un cab, et ils étaient tous les trois dans leur compartiment, ils étaient même montés sur le bateau de Calais, avant d'avoir eu le temps de renouer la conversation.

- J'avais déjà pris mes précautions de manière à être en France pour le lunch, expliqua le docteur. Mais je suis charmé d'avoir de la compagnie. Il m'a bien fallu mettre le marquis en route avec sa bombe, car le président me surveillait, et comment ! Je vous raconterai cela, un jour. C'était à mourir de rage. Chaque fois que j'essayais de fuir, je rencontrais Dimanche ! Tantôt sa figure m'apparaissait à la fenêtre d'un club, tantôt il me saluait du haut d'un omnibus. Vous direz ce que vous voudrez, mais il faut que cet homme ait fait un pacte avec le diable, il est à la fois en six endroits différents !

- Si je vous comprends bien, dit le professeur, le marquis nous précède. Y a-t-il longtemps qu'il est parti ? Avons-nous quelque chance de le rattraper ?

- Oui. Je me suis arrangé pour cela. Il n'aura pas encore quitté Calais quand nous y arriverons.

- Mais, à Calais, que pourrons-nous faire ?

À cette question, pour la première fois, le docteur Bull resta décontenancé. Il réfléchit, puis:

- Il me semble, dit-il, que, théoriquement, nous devrions informer la police.

- Pas moi, protesta Syme. Théoriquement, je devrais plutôt me jeter à l'eau. J'ai juré à un pauvre diable, à un vrai pessimiste moderne de ne rien aller dire à la police. Peut-être ne suis-je pas un très subtil casuiste, mais il m'est impossible de trahir l'engagement que j'ai pris envers un pessimiste. Il serait aussi dégoûtant de manquer de parole à un enfant.

- Je suis embarqué sur le même bateau, dit le professeur. J'ai songé à avertir la police, et je n'ai pu le faire à cause d'un serment que j'ai sottement prêté. Quand j'étais acteur, je menais une vie de bâton de chaise. La trahison, le parjure est le seul crime que je n'aie pas commis. Si je m'y laissais entraîner, il me serait désormais impossible de percevoir aucune différence entre le bien et le mal.

- J'ai passé par là aussi, dit le docteur Bull, et ma décision est prise. J'ai fait une promesse au secrétaire... vous savez, l'homme au rictus. Cet homme, mes amis, est le plus malheureux des mortels. Je ne sais si cela lui vient de son estomac ou de sa conscience, de ses nerfs ou de sa philosophie, mais c'est un damné, il vit en enfer. Eh bien ! je ne puis me retourner contre cet homme et lui donner la chasse; autant vaudrait fouetter un lépreux. Peut-être suis-je fou, mais telle est ma folie, et voilà tout.

- Je ne crois pas que vous soyez fou, assura Syme. Je savais que vous décideriez en ce sens, quand...

- Quand donc ? demanda Bull.

- Quand vous avez ôté vos lunettes.

Le docteur sourit, et traversa le pont pour regarder la mer ensoleillée. Puis, il revint auprès de ses compagnons de voyage, en frappant du talon avec insouciance et il se fit entre les trois un amical silence.

- Eh bien, dit Syme, il me semble que nous avons, tous les trois, le même genre de moralité ou d'immoralité. Nous n'avons donc qu'à envisager le résultat pratique de cette concordance.

- Oui, fit le professeur, vous avez raison. Les événements, du reste, vont se précipiter, car je vois déjà le cap Gris-Nez.

Syme reprit:

- Le résultat, c'est que nous sommes, tous les trois, isolés sur cette planète. Gogol est Dieu sait où, si tant est que le président ne l'ait pas écrasé comme une mouche. Au Conseil, nous voilà trois contre trois, comme les Romains qui gardaient le pont. Mais notre situation est exceptionnellement périlleuse, d'abord parce que nos adversaires peuvent faire appel à leur organisation, tandis que nous ne pouvons nous réclamer de la nôtre, et ensuite parce que...

- Parce que l'un des Trois auxquels nous avons affaire, interrompit le professeur, n'est pas un homme.

Syme approuva de la tête, et, après un silence d'une ou deux secondes, il dit:

- Voici mon idée. Faisons tout ce qu'il nous sera possible de faire pour retenir le marquis à Calais jusqu'à demain à midi. J'ai retourné une vingtaine de projets dans ma tête. Il est entendu que nous ne pouvons le dénoncer comme dynamiteur. Nous ne pouvons pas davantage l'accuser de quelque moindre crime, car il nous faudrait comparaître en justice, et puis, il nous connaît, il éventerait la mèche. Quant à l'immobiliser sous prétexte de nouvelles combinaisons anarchistes, sans doute il avalerait bien des couleuvres de cette couleur-là, mais consentirait-il jamais à rester à Calais tandis que le Tsar irait à Paris, en toute sécurité ? L'enlever, l'enfermer, le garder à vue: j'y ai pensé. Mais il est bien connu à Calais. Il a toute une garde du corps d'amis. Il est très fort et très brave. L'issue serait, pour nous, bien douteuse. Il faut, c'est le seul moyen qui m'apparaisse, nous prévaloir précisément des avantages du marquis. Je compte me servir de sa réputation d'aristocrate et de ce fait qu'il a beaucoup d'amis et qu'il fréquente la meilleure société.

- Que diable nous chantez-vous là ? demanda le professeur.
- La famille des Syme remonte au XIVe siècle, dit Syme. Nous avons même une tradition d'après laquelle un Syme suivit Bruce à Bannockburn. Depuis 1350, notre arbre généalogique est des mieux établis.
- Il radote, murmura le petit docteur.
- Nous portons, continua Syme, très calme d'argent avec un chevron de gueule, chargé de trois croisillons. La devise varie selon les branches.

Le professeur saisit brutalement Syme par le gilet.
- Écoutez, dit-il, nous voici au port. Avez-vous le mal de mer, ou faites-vous de l'esprit hors de propos ?
- Les renseignements que je vous donne, répondit Syme sans se laisser déconcerter, ont un intérêt si pratique que cela en est presque douloureux. La maison de Saint-Eustache, elle aussi, est très ancienne. Le marquis est un gentilhomme, il n'en pourrait disconvenir. Il ne saurait, de son côté, nier que j'en sois un. Afin de mettre ma position sociale hors de conteste, je vais lui faire tomber son chapeau... Mais vous avez raison, nous sommes au port.

Ils débarquèrent, comme éblouis par la force du soleil, et Syme prit la direction, comme Bull l'avait prise à Londres.

Il fit suivre à ses amis le boulevard qui longe la mer et les mena en vue de quelques cafés enfoncés dans la verdure et dominant le rivage. Il marchait devant eux d'un pas alerte, se dandinant un peu et faisant le moulinet avec sa canne.

Il parut d'abord avoir jeté son dévolu sur le dernier café, mais soudain il s'arrêta. Impérieusement, de sa main gantée, il commanda le silence à ses deux compagnons, puis il leur désigna la terrasse d'un café à demi cachée par la feuillée épaisse, et, à cette terrasse, une table à laquelle le marquis de Saint-Eustache était assis; ses dents brillaient dans son abondante barbe noire; abritée d'un léger chapeau de paille, sa figure énergique, au teint bruni, s'estompait sur le fond violet de la mer.

X. LE DUEL

☐

X. Le duel

X

Le duel

Syme s'assit à une table de la terrasse, avec ses compagnons. Ses yeux brillaient comme les flots dans la lumière du matin. Il commanda une bouteille de vin de Saumur. Sa voix, ses gestes, manifestaient de l'impatience et encore plus de gaîté. Il était d'humeur hilare. Il se surexcitait de plus en plus, à mesure que le vin baissait dans la bouteille. Au bout de quelques minutes, il n'ouvrait plus la bouche que pour débiter des torrents de sottises. Il prétendait tracer le plan de la conversation qui allait s'engager entre lui et le fatal marquis. Il en prépara au crayon une esquisse sommaire. C'était comme un catéchisme, par questions et réponses, et il le récitait avec une extraordinaire volubilité.
- Assez ! interrompit Bull. Reprenez vos sens et déchirez ce bout de papier ! Sérieusement, qu'allez-vous faire ?
- Mais ne trouvez-vous pas charmant cet exercice ? demanda Syme pathétiquement. Laissez-moi vous lire mon catéchisme. Il n'y a que quarante-trois questions et réponses, et je vous assure que plusieurs des répliques du marquis sont très spirituelles. Il faut être juste envers ses ennemis.
- À quoi bon tout cela ? fit le docteur Bull, exaspéré.
- À préparer mon défi ! répondit Syme, rayonnant. Quand le marquis aura

fait la trente-neuvième réponse, que voici…

- Peut-être n'avez-vous pas prévu, observa le professeur très sérieusement, que le marquis pourrait ne pas faire tout à fait les quarante-trois réponses que vous lui prêtez et qu'en ce cas certaines de vos épigrammes pourraient perdre beaucoup de leur sel.

Syme frappa la table, il était rayonnant.

- Mon Dieu ! s'écria-t-il, que cela est donc simple et juste ! Et dire que je n'y avais pas songé un instant ! Monsieur, vous êtes d'une intelligence bien supérieure à la moyenne ! Vous laisserez un nom.

- Oh ! dit le docteur, vous êtes ivre comme un hibou !

- Il ne reste, poursuivit tranquillement Syme, qu'à chercher un autre moyen de rompre la glace, si j'ose ainsi dire, entre moi et l'homme que je veux tuer. Et, puisqu'il m'est impossible, comme vous l'avez remarqué avec tant de finesse, de prévoir le tour que prendrait le dialogue, je n'ai, me semble-t-il, qu'à m'en charger moi-même, moi tout seul. Par saint Georges, c'est ce que je vais faire.

Il se leva brusquement. Ses cheveux blonds flottaient dans la fraîche brise marine.

Dans un café chantant, caché quelque part à peu de distance, parmi les arbres, on faisait de la musique; une femme venait de chanter. Les cuivres aussitôt lui firent la même impression que, la veille, avait produite sur lui l'orgue de Barbarie de Leicester Square, quand il s'était décidé à braver la mort.

Il jeta un regard sur la petite table devant laquelle le marquis était assis. Le marquis avait maintenant deux compagnons, deux Français solennels, vêtus de redingotes et coiffés de chapeaux de soie. L'un d'eux portait la rosette de la Légion d'honneur. C'étaient évidemment des gens qui occupaient une solide position sociale. Auprès de ces personnages corrects, aux costumes cylindriques, le marquis, avec son chapeau de paille et ses légers habits de printemps, avait l'air bohème et même barbare; pourtant on sentait en lui l'aristocrate qu'il était. Plus encore, à considérer l'extrême élégance physique du personnage, ses yeux où brillait le mépris, sa tête orgueilleusement dressée, qui se détachait sur le fond pourpre de la mer, on eût presque dit un roi. Non pas un roi chrétien, toutefois ! C'était plutôt l'un de ces tyrans formidables, mi-grecs mi-asiatiques, qui contemplaient, aux jours où l'esclavage passait pour une institution naturelle, la Méditerranée couverte de leurs galères, où ramaient les esclaves tremblants. Ainsi, songeait Syme, devaient se profiler leurs traits bronzés sur le vert sombre des oliviers et l'ardent azur de la mer.

- Allez-vous faire un discours devant le meeting ? demanda le professeur, sur le ton de la raillerie, en voyant Syme debout et immobile.

Syme but un dernier verre de vin mousseux.

- Oui, dit-il en montrant du doigt le marquis et ses deux compagnons, je vais faire un discours aux messieurs de ce meeting. Ce meeting me déplaît: je vais tirer le grand vilain nez d'acajou de ce meeting !

Ce disant, il se dirigea vers la table, d'un pas très rapide, sinon très sûr.

À sa vue, le marquis, surpris, leva ses noirs sourcils assyriens, mais esquissa aussitôt un sourire poli.

- Vous êtes monsieur Syme, si je ne me trompe, dit-il.

Syme s'inclina.

- Et vous êtes le marquis de Saint-Eustache, fit-il avec beaucoup de grâce: permettez-moi de vous tirer le nez.

Il se penchait déjà pour joindre l'acte à la parole; mais le marquis recula d'un haut-le-corps en renversant sa chaise, et ses deux amis aux chapeaux hauts de forme saisirent Syme par les épaules.

- Cet homme m'a insulté ! cria Syme avec les gestes de quelqu'un qui veut s'expliquer.

- Insulté ? Vous ? dit le monsieur décoré. Quand ?

- À l'instant même ! Il a insulté ma mère !

- Insulté votre mère ! répéta le monsieur, incrédule.

- Non, dit-il, pas ma mère; ma tante. D'ailleurs, peu importe.

- Mais comment le marquis aurait-il pu insulter votre tante ? fit le second monsieur avec un étonnement assez légitime. Il ne nous a pas quittés.

- Mais !… par ses paroles ! répondit Syme tragiquement.

- Je n'ai rien dit du tout, assura le marquis, sauf quelques paroles à propos de l'orchestre. Je crois avoir observé que la musique de Wagner ne supporte pas une exécution imparfaite.

- C'était une allusion directe à ma famille, dit Syme avec fermeté. Ma tante jouait très mal la musique de Wagner. C'est là un sujet de conversation qui fut toujours bien pénible pour les miens. On nous a souvent insultés à propos de cela.

- Cela m'a l'air bien extraordinaire, fit le monsieur décoré en regardant le marquis d'un air interrogateur.

- C'est pourtant fort clair, reprit Syme avec une extrême gravité. Toute votre conversation était pleine de désagréables allusions aux faiblesses de ma tante.

- Cela n'a pas le sens commun ! dit le second compagnon du marquis. Pour mon compte, je n'ai pas soufflé mot, si ce n'est pour dire que la voix de cette fille aux cheveux noirs ne me déplaisait pas.

- Eh bien ! s'écria Syme, nous y voilà ! Ma tante était rousse.

- Je commence à croire, dit l'autre, que vous cherchez simplement querelle au marquis.

- Par saint Georges ! s'écria Syme en se retournant vers lui, vous êtes rudement malin !

Le marquis se dressa. Ses yeux flambaient comme ceux d'un tigre.

- Vous me cherchez querelle, à moi ! s'écria-t-il. Vous voulez vous battre avec moi. Bon Dieu ! Jamais personne ne m'a longtemps cherché ! Ces messieurs auront sans doute l'obligeance de me représenter dans cette affaire. Il y a encore quatre heures avant que le soleil se couche. Battons-nous dès ce soir !

Syme s'inclina de fort bonne grâce.

- Marquis, dit-il, votre geste est digne de votre réputation et de votre sang. Permettez-moi de consulter les amis auxquels je vais confier mon honneur.

En trois grandes enjambées, il rejoignit le docteur et le professeur. Ceux-ci, qui avaient assisté à son agression inspirée par le Champagne et entendu ses extravagantes explications, furent stupéfaits en le revoyant. Il était en effet tout à fait dégrisé, un peu pâle seulement, et il parlait à voix basse, avec passion et sans un mot de trop:

- C'est fait, leur dit-il d'une voix enrouée. J'ai provoqué la Bête. Écoutez. Écoutez-moi bien. Il n'y a pas de temps à perdre en discussions. Vous êtes mes témoins, et c'est à vous de prendre toutes les initiatives. Insistez, insistez sans en démordre, pour que le duel ait lieu demain matin, après sept heures. Ainsi, le marquis ne pourra prendre le train de sept heures quarante-cinq pour Paris. Manquer son train, pour lui, c'est manquer son crime. Il ne saurait refuser de s'entendre avec vous sur le léger détail concernant l'heure et l'endroit. Mais voici ce qu'il va faire. Il choisira un pré, quelque part, à proximité d'une gare où il puisse prendre le train aussitôt le combat fini. Il est bon tireur, il aura l'espoir de me tuer assez vite pour pouvoir sauter à temps dans son train. Mais je sais tenir une épée et je pense bien l'amuser assez longtemps, trop longtemps même, à son gré. Quand il aura manqué le train, peut-être aura-t-il la consolation de me tuer. Comprenez-vous ? Oui ? Alors, permettez-moi de vous présenter à deux gentlemen accomplis.

Et rapidement il les mit en relation avec les témoins du marquis. En cette occasion, Wilks et Bull s'entendirent désigner par des noms fort aristocratiques qu'ils ne se connaissaient pas jusqu'alors.

Syme était sujet à de singulières attaques de bon sens, qui semblaient démentir les traits ordinaires de son caractère. Comme il l'avait dit à propos des lunettes du docteur Bull, c'étaient des intuitions poétiques; cela allait, parfois, jusqu'à l'exaltation prophétique.

Il avait bien calculé, dans le cas présent, la tactique de son adversaire.

Quand il fut informé par ses témoins que Syme entendait se battre le lendemain seulement, le marquis dut se rendre trop aisément compte du retard que pouvait lui causer cette conjoncture imprévue. Lui serait-il possible de jeter sa bombe, à Paris, en temps utile ? Bien entendu, il ne pouvait s'ouvrir de cette inquiétude à ses amis. Il prit donc le parti que Syme avait prévu. Il demanda que le terrain fût choisi tout près de la ligne du chemin de fer, et il se promit que le premier engagement serait fatal à Syme.

Il arriva au champ d'honneur sans se hâter, froid et calme. Nul n'eût pu se douter qu'il songeât à prendre le train. Il avait les mains dans ses poches, son chapeau de paille relevé sur le front, ses nobles traits bronzés par le soleil.

Pourtant outre ses deux témoins, dont l'un portait une paire d'épées, il était accompagné de deux domestiques chargés d'une malle et d'une boîte qui contenait, ainsi qu'on en pouvait juger à son aspect, le déjeuner d'un voyageur.

La matinée était chaude. Syme contemplait avec admiration les fleurs printanières, les fleurs d'or et d'argent qui émaillaient les hautes herbes où l'on enfonçait presque jusqu'aux genoux.

À l'exception du marquis, tous ces messieurs étaient étrangement solennels, avec leurs habits sombres et leurs chapeaux pareils à des tuyaux de cheminée. Le petit docteur surtout avec ses lunettes noires avait l'air d'un entrepreneur de pompes funèbres, comme on en voit dans les farces. Syme trouva plaisant le contraste qu'il observait entre ce morne appareil des hommes et la joie luxuriante de la prairie toute parsemée de fleurs. Mais ce contraste qui l'amusait entre les fleurs d'or et les chapeaux noirs, n'était que le symbole d'un contraste tragique entre ces douces fleurs d'or et les noirs desseins de ces hommes.

À la droite de Syme, il y avait un petit bois; à sa gauche, la longue courbe du chemin de fer, qu'il défendait, pour ainsi dire, contre le marquis puisque c'est là que le marquis devait tendre et par là qu'il devait échapper. En face, au-delà du groupe de ses adversaires, il voyait un petit amandier fleuri, nuancé comme un nuage, sur la ligne pâle de la mer.

L'officier de la Légion d'honneur, qui se nommait le colonel Ducroix, aborda le professeur de Worms et le docteur Bull en les saluant avec beaucoup de politesse, et proposa que le duel fût au premier sang. Mais le docteur Bull, qui avait reçu de Syme, sur ce point, les instructions les plus formelles, insista au contraire, avec beaucoup de dignité, et en très mauvais français, pour que le duel continuât jusqu'à ce que l'un des deux adversaires fût hors de combat. L'important était de faire traîner les choses en longueur. Syme se promettait deux choses: il éviterait de mettre le marquis hors de combat, il empêcherait le marquis de le mettre hors de combat pendant vingt minutes au moins: alors le train de Paris aurait passé.

- Pour un homme de la valeur bien connue du marquis de Saint-Eustache, la méthode et l'issue du combat doivent être fort indifférentes, dit le professeur, solennellement. Notre client a de bonnes et solides raisons pour exiger une rencontre sérieuse, une rencontre de longue durée, raisons dont la nature extrêmement délicate ne me permet pas d'être plus explicite, mais raisons honorables, si justes, que je…

- Peste ! s'écria le marquis, dont le visage s'était soudainement assombri. Trêve de paroles, et commençons !

Et d'un coup de sa canne il décapita une fleur à la longue tige.

Syme, à cette manifestation d'une impatience dont il savait le motif, se demanda si le train était déjà en vue. Il se retourna. Mais il n'y avait pas de fumée à l'horizon.

Le colonel mit un genou à terre pour ouvrir le fourreau, d'où il tira deux épées égales, dont les lames vibrèrent dans la lumière comme deux traits de feu. Il offrit l'une au marquis de Saint-Eustache, qui s'en saisit sans cérémonie. Syme pesa la sienne, la courba, l'étudia aussi longtemps que les convenances le permettaient. Puis, le colonel prit une seconde paire d'épées, donna l'une au docteur Bull, garda l'autre, et mit les combattants face à face. Syme et le marquis s'étaient dépouillés de leurs vêtements jusqu'à la ceinture. Les témoins se tenaient auprès de leurs clients, mais avaient gardé leurs habits sombres.

Les adversaires échangèrent le salut des armes, puis le colonel dit:

- Engagez !

Et les deux lames se touchèrent en frémissant.

Au contact du fer, Syme sentit s'évanouir toutes les terreurs diverses dont il avait été assailli pendant les jours précédents, ainsi qu'un homme qui s'éveille dans son lit oublie ses rêves. Il s'en souvenait avec ordre et clarté comme d'illusions causées par un malaise nerveux. La peur que lui avait inspirée le professeur avait été celle des événements tyran-niques qui se succèdent dans le cauchemar. Quant à celle qu'il avait ressentie devant le docteur, elle lui était venue de l'invincible horreur que doit causer à tout homme le vide pneumatique de la science. C'était, dans le premier cas, l'antique peur de l'homme qui croyait à la constante possibilité du miracle; c'était, dans le second cas, la peur, autrement grave, de l'homme moderne, qui ne croit à la possibilité d'aucun miracle. Mais maintenant il se rendait bien compte de l'égale inanité de ces deux peurs, maintenant qu'il était sollicité par une autre peur, impitoyablement réelle, celle-là, et contrôlée par le plus grossier bon sens, la peur de la mort. Il était comme un homme qui a rêvé, toute la nuit, de gouffres et de chutes, et qui apprend en s'éveillant qu'il va être pendu. Car, dès qu'il eut vu la lumière scintiller sur la lame du marquis, dès qu'il eut senti le froissement de cette lame contre la sienne, il connut qu'il avait affaire à un terrible tireur et que, selon toute probabilité, sa dernière heure avait sonné.

Aussitôt, toute la terre autour de lui, l'herbe à ses pieds, prit une étrange valeur à ses yeux. De quel intense amour de la vie frissonnaient toutes choses ! Il lui semblait entendre l'herbe pousser, voir s'épanouir dans la prairie de nouvelles fleurs, des fleurs rouges, des fleurs dorées, des fleurs bleues, tout le défilé des couleurs du printemps. Et, chaque fois que son regard quittait les yeux calmes et fixes, les yeux d'hypnotiseur du marquis, Syme voyait s'estomper sur l'horizon le petit buisson blanc de l'amandier. Il avait le sentiment que, si, par quelque prodige, il échappait à la mort, il consentirait à rester, désormais, pour toujours, assis devant cet amandier, sans rien désirer de plus au monde.

Mais, tout en découvrant, dans le spectacle de la vie, cette émouvante beauté dont se parent les choses qu'on va perdre, sa raison gardait une netteté, une clarté cristalline, et il parait les coups de son ennemi avec une précision mécanique dont il se serait à peine jugé capable. Un moment, la pointe du marquis effleura le poignet de Syme, y laissant une légère trace de sang. La chose ne fut pas remarquée ou bien fut jugée négligeable. De temps en temps, il ripostait, et, une ou deux fois, il crut sentir sa pointe s'enfoncer. Il n'y avait pourtant point de sang à son épée, non plus qu'à la chemise du marquis. Syme pensa qu'il s'était trompé.

Il y eut un repos.

À la reprise, le combat prit tout à coup une nouvelle allure.

Cessant de regarder, comme il avait fait jusqu'alors, fixement devant lui, au risque de tout perdre, le marquis tourna la tête de côté, vers la ligne du chemin de fer, puis il revint à Syme et, transfiguré en démon, se mit à s'escrimer avec une telle ardeur qu'il semblait avoir à la main vingt épées. Ses attaques se succédaient si rapides, si furieuses, que sa lame se changeait en un faisceau de flèches brillantes.

Impossible à Syme de regarder la ligne du chemin de fer; mais il n'en avait pas besoin: la subite folie combative du marquis signifiait assez clairement que le train de Paris arrivait.

L'énergie fébrile du marquis dépassait son but. Deux fois, en parant, Syme fit voler l'arme de son adversaire hors du cercle de combat, et sa riposte fut si rapide que cette fois, il n'y avait nul doute possible. La lame de Syme s'était courbée en s'enfonçant. Il était aussi sûr d'avoir transpercé son adversaire qu'un jardinier peut être sûr d'avoir fiché sa pioche dans la terre. Pourtant, le marquis recula sous le choc, sans chanceler, et Syme regarda, d'un oeil stupide, la pointe de son épée: pas la moindre trace de sang.

Il y eut un instant de silence rigide puis, à son tour, Syme se jeta furieusement sur son ennemi, et à sa fureur se mêlait une curiosité exaspérée.

Le marquis était meilleur tireur que Syme; mais, distrait en ce moment, il risquait de perdre ses avantages. Son jeu devenait désordonné, hasardeux et même faiblissait. Sans cesse il regardait du côté de la voie, évidemment bien plus préoccupé par le train que par l'acier de l'adversaire. Syme, au contraire, apportait de la méthode dans sa fureur. Il y avait de l'intelligence dans sa furie. Il voulait savoir pourquoi son épée restait vierge de sang et il visait moins à la poitrine qu'à la figure et à la gorge.

Une minute et demie après, l'épée de Syme pénétra dans le cou du marquis, sous la mâchoire. Elle en sortit intacte.

Affolé, Syme fit une nouvelle attaque, et, cette fois, son épée aurait dû balafrer le visage de l'adversaire; à ce visage, pas une égratignure.

Pour un moment, le ciel de Syme se chargea de nouveau de noires terreurs monstrueuses: le marquis avait un charme. Cette nouvelle peur spirituelle était quelque chose de plus épouvantable que ce monde renversé dans lequel le paralytique lui avait donné la chasse. Le professeur n'était qu'un lutin. Cet homme-ci était un diable - peut-être le Diable ! En tout cas, il y avait cela de certain que, par trois fois, une épée l'avait atteint, vainement.

Quand il se fut formulé à lui-même cette pensée, Syme se redressa. Tout ce qu'il y avait en lui de bon exulta, dans les hauteurs de l'air, comme le vent qui chante dans la cime des arbres. Il pensait à tout ce qu'il y avait d'humain dans son aventure, aux lanternes vénitiennes de Saffron Park, aux cheveux blonds de la jeune fille dans le jardin, aux honnêtes matelots qui buvaient de la bière près des docks, aux loyaux compagnons qui dans cet instant même se tenaient à ses côtés. Peut-être avait-il été choisi, comme champion de ces êtres et de ces choses simples et vraies, pour croiser l'épée avec l'ennemi de la création.

- Après tout, se disait-il, je suis plus que le Diable: je suis un homme. Je puis faire une chose que Satan lui-même ne peut pas faire: je puis mourir.

Il articulait mentalement ce mot, quand il entendit un sifflement faible et lointain: encore quelques secondes, et à ce sifflement succéderait le tonnerre du train de Paris.

Il se remit à tirer avec une légèreté, une adresse qui tenait du prodige, tel le mahométan qui soupire après le paradis.

Comme le train se rapprochait, Syme se représentait les gens, à Paris, occupés à parer les rues, à dresser des arcs de triomphe; il prenait sa part de la gloire de la grande République dont il défendait la porte contre l'enfer. Et ses pensées s'élevaient toujours plus haut, à mesure que le bruit de la machine se faisait plus distinct, plus puissant. Ce bruit cessa dans un suprême sifflement, prolongé et strident comme un cri d'orgueil. Le train s'arrêtait.

Tout à coup, au grand étonnement de tous, le marquis recula hors de la portée de l'épée de son adversaire et jeta la sienne à terre. Son geste était admirable, d'autant plus peut-être que Syme venait de lui plonger son épée dans le mollet.

- Arrêtez ! dit le marquis avec une autorité irrésistible. J'ai quelque chose à dire.

- Quoi donc ? demanda le colonel Ducroix, stupéfait. Y a-t-il eu quelque irrégularité ?

- En effet, intervint le docteur Bull, qui était légèrement pâle. Notre client a, quatre fois au moins, atteint le marquis, et celui-ci ne s'en porte pas plus mal.

Le marquis leva la main; son geste était à la fois impérieux et suppliant.

- Laissez-moi parler ! Je vous en prie ! Ce que j'ai à dire a de l'importance. Monsieur Syme, poursuivit-il en se tournant vers son adversaire, si je ne me trompe, nous nous battons en ce moment, parce que vous avez exprimé le désir, à mon avis, peu raisonnable, de me tirer le nez. Voulez-vous avoir la bonté de me le tirer sur-le-champ, aussi vite que possible ? Il faut que je prenne ce train.

- Cela est tout à fait irrégulier ! protesta le docteur Bull avec indignation.

- Je dois avouer, dit le colonel Ducroix en jetant à son client un regard sévère, que je ne connais, d'un tel procédé, aucun précédent. Je sais bien que le capitaine Bellegarde et le baron Zumpt, à la requête de l'un des combattants, échangèrent leurs armes sur le terrain. Mais on ne peut guère soutenir que le nez soit une arme…

- Voulez-vous me tirer le nez, oui ou non ? s'écria le marquis exaspéré. Allons, monsieur Syme, allons ! Vous le vouliez. Faites-le ! Vous ne pouvez pas vous rendre compte de l'importance que la chose a pour moi. Ne soyez pas égoïste ! Tirez-moi le nez, puisque je vous en prie.

Et le marquis tendait son nez avec une exquise bonne grâce.

Le train de Paris sifflait et mugissait. Il venait de s'arrêter dans une petite gare derrière la colline voisine.

Syme avait la sensation qu'une vague énorme se dressait au-dessus de lui et allait, en s'effondrant, l'emporter aux abîmes.

Il fit deux pas dans un monde qu'il ne comprenait qu'à demi, saisit le nez classique du remarquable gentilhomme et tira. Il tira fort, et le nez lui resta dans la main.

Les collines boisées et les nuages considéraient Syme, qui, lui-même, solennel et ridicule, considérait l'appendice de carton, inerte entre ses doigts. Les quatre témoins étaient immobiles et silencieux, comme Syme. Le marquis rompit le silence.

- Si quelqu'un de ces messieurs croit pouvoir utiliser mon sourcil gauche, dit-il tout à coup très haut, je tiens l'objet à sa disposition. Colonel Ducroix, permettez-moi de vous offrir mon sourcil gauche ! Cela peut servir, un jour ou l'autre.

Et, gravement, il arracha son sourcil gauche, et, avec le sourcil, la'moitié de son front; puis, bien poliment, il tendit le tout au colonel, qui se tenait là, rouge et muet de colère.

- Si j'avais su que je servais de témoin à un poltron ! bredouilla le colonel, à un homme qui se masque pour se battre !…

- Bon ! bon ! fit le marquis en continuant de semer sur le pré différentes parties de son individu. Vous vous trompez ! Mais je ne puis m'expliquer pour le moment. Vous voyez bien que le train est en gare ! qu'il va partir !

- Oui, dit le docteur Bull résolument, et il partira sans vous. Nous savons assez pour quelle besogne infernale…

Le mystérieux marquis fit un geste désespéré.

C'était un étrange épouvantail que cet homme gesticulant au grand soleil, avec la moitié de la figure pelée comme une orange et l'autre moitié qui grimaçait dans une crispation douloureuse.

- Vous allez me rendre fou ! gémissait-il. Le train…

- Vous ne partirez pas par ce train ! affirma Syme, furieux.

Et il serrait son épée.

Le marquis tourna vers Syme sa face indescriptible. Il semblait rassembler toutes ses énergies, en vue de quelque effort sublime.

- Grand, gras, louche, stupide et bruyant imbécile ! Écervelé ! Abandonné de Dieu ! Chancelant et damné imbécile ! proféra-t-il tout d'une haleine. Stupide navet ! Tête de pipe ! Tête de…

- Vous ne partirez pas par ce train ! répéta Syme.

- Et pourquoi, par le feu de l'enfer ! rugissait l'autre, pourquoi ne prendrais-je pas ce train ?

- Nous savons tout. Vous voulez jeter votre bombe à Paris, dit le professeur, sévèrement.

- Je veux jeter un jabberwick à Jéricho ! vociféra l'autre en s'arrachant les cheveux, ce qui d'ailleurs ne lui coûtait pas grand effort. Faut-il que vous soyez tous fêlés du cerveau pour ne pas deviner qui je suis ! Pensez-vous sérieusement que je tienne beaucoup à prendre ce train ? Il peut bien m'en passer vingt sous le nez ! Au diable le train de Paris !

- Mais alors, dit le professeur, que craigniez-vous donc si fort ?

- Ce que je craignais ? Ce n'était pas de ne pouvoir prendre ce train, c'était d'être pris par lui. Et voilà qu'il me prend !

- J'ai le regret de vous informer, dit Syme, en faisant effort pour se maîtriser, que vos explications ne rencontrent pas mon intelligence. Peut-être verrais-je plus clair dans votre pensée, si vous consentiez à vous défaire des derniers débris de votre front et de votre menton postiches. La lucidité mentale a parfois de si mystérieuses exigences ! Vous dites que le train vous a pris. Qu'entendez-vous par là ? Car je suis convaincu - peut-être n'est-ce chez moi qu'une fantaisie professionnelle d'homme de lettres - que cela doit avoir un sens.

- Cela signifie tout, dit l'autre, ou plutôt la fin de tout. Cela signifie que, maintenant, Dimanche nous tient dans le creux de sa main.

- Nous ! répéta le professeur au comble de la stupéfaction, qui, nous ?

- Mais, nous tous ! la police ! dit le marquis en achevant d'arracher son scalp et la moitié de sa figure.

Alors apparut une tête blonde, aux cheveux lisses, bien brossés, la tête classique du constable. Mais le visage était terriblement pâle.

- Je suis l'inspecteur Ratcliff, reprit le faux marquis, avec une hâte qui faisait l'effet de la dureté, un nom bien connu dans la police. Quant à vous, je vois parfaitement que vous en êtes. Si vous doutez de mes paroles, voici ma carte.

Et il commençait à tirer de sa poche la carte bleue.

Le professeur eut un geste de lassitude.

- Oh ! ne nous la montrez pas, je vous en prie ! nous en avons déjà de quoi organiser un jeu de société.

Le petit homme qu'on appelait Bull avait, comme en ont tous les hommes ordinaires, pourvu qu'ils soient doués d'une vitalité réelle, de soudains mouvements d'une distinction véritable. Dans la circonstance, c'est lui qui sauva la situation.

Interrompant cette comédie de transformation, il s'avança vers les témoins du marquis, avec toute la gravité qui convenait au témoin qu'il était lui-même.

- Messieurs, leur dit-il, nous vous devons de profondes excuses. Mais, je vous l'assure, vous n'êtes pas les victimes d'une inqualifiable plaisanterie. Il n'y a rien, dans toute cette affaire, qui soit indigne d'un homme d'honneur. Et vous n'avez pas perdu votre temps: vous nous avez aidés à sauver le monde. Nous ne sommes pas des bouffons; nous sommes des hommes qui luttons dans des conditions désespérées contre une vaste conspiration. Une société secrète d'anarchistes nous poursuit comme des lapins. Il ne s'agit pas de ces pauvres fous qui, poussés par la philosophie allemande ou par la faim, jettent de temps en temps une bombe; il s'agit d'une riche, fanatique et puissante Église: l'Église du Pessimisme occidental, qui s'est proposé comme une tâche sacrée la destruction de l'humanité comme d'une vermine. Ces misérables nous traquent, et vous pouvez juger de l'ardeur de leur poursuite par les déguisements dont vous voyez que nous avons dû nous affubler et pour lesquels je vous présente nos excuses et par des folies comme celles dont vous êtes victimes.

Le plus jeune des témoins du marquis, un petit homme à la moustache noire, s'inclina poliment et dit:

- J'accepte vos excuses, c'est entendu; de votre côté, veuillez m'excuser si je refuse de vous suivre plus loin dans votre dangereuse entreprise et si je me permets de vous tirer ma révérence. Je n'ai pas l'habitude de voir mes concitoyens, et notamment l'un des plus distingués d'entre eux, se mettre en morceaux sous le regard du jour. Pour aujourd'hui, j'en ai assez. Colonel Ducroix, je ne voudrais pas le moins du monde peser sur votre décision, mais j'estime que notre présence ici ne saurait plus s'expliquer et je vous informe que je rentre en ville de ce pas.

Le colonel fit un geste machinal, tira un peu sur sa moustache blanche et, enfin, s'écria:

- Non, par saint Georges ! je ne vous suivrai pas ! Si ces messieurs sont vraiment aux prises avec ces vils coquins, j'entends les aider jusqu'au bout. J'ai combattu pour la France, je saurai combattre pour la civilisation.

Le docteur Bull ôta son chapeau et le brandit en l'air, en criant: Bravo ! tout comme s'il s'était cru dans une réunion publique.

- Ne faites pas trop de bruit, dit l'inspecteur Ratcliff, Dimanche pourrait nous entendre.

- Dimanche ! s'écria Bull en laissant tomber son chapeau.

- Oui, répliqua Ratcliff, il est peut-être avec eux.

- Avec qui ? demanda Syme.

- Avec ceux qui viennent de descendre de ce train.

- Tout ce que vous dites est singulièrement incohérent, observa Syme. Voyons, au fait... Mais, mon Dieu ! s'écria-t-il, tout à coup, du ton d'un homme qui assiste de loin à une explosion, mais alors tout notre Conseil anarchiste était donc composé d'ennemis de l'anarchie ! Il n'y avait que des détectives, excepté le président et son secrétaire particulier. Qu'est-ce que cela signifie ?

- Ce que cela signifie ? répéta le nouveau policeman avec une incroyable violence, cela signifie que nous sommes morts ! Ne connaissez-vous pas Dimanche et ses plaisanteries à la fois si simples et si énormes qu'elles sont toujours incompréhensibles ? Y a-t-il rien de plus harmonieux avec le caractère étonnant de Dimanche que ce fait: introduire ses ennemis au Conseil suprême, en s'arrangeant de telle sorte que ce Conseil ne soit pas suprême du tout ? Je vous le dis, il a acheté tous les trusts, il a capté tous les câbles, il a le contrôle de tous les réseaux de chemins de fer et en particulier de celui-ci, continua Ratcliff en désignant d'un doigt tremblant la petite gare. C'est lui qui a tout mis en mouvement. À son ordre, la moitié du monde est prête à se lever. Il n'y avait peut-être que cinq hommes qui fussent capables de lui résister, et ce vieux Diable a réussi à les faire entrer dans son Conseil, afin qu'ils perdissent leur temps à s'épier les uns les autres ! Nous avons agi comme des idiots, et c'est lui qui nous a frappés d'idiotie ! Dimanche savait que le professeur donnerait la chasse à Syme à travers Londres et que Syme se battrait avec moi en France. Et il continuait de grands mouvements de capitaux, il s'emparait des lignes télégraphiques, pendant que nous autres idiots nous courions les uns après les autres comme des enfants qui jouent à colin-maillard !

- Eh bien ? demanda Syme, presque calme.

- Eh bien ! répliqua l'autre, soudainement serein, il nous trouve aujourd'hui, jouant à colin-maillard dans un champ d'une grande beauté rustique, en pleine solitude. Il a mis la main probablement sur l'univers, et ce champ est la dernière redoute dont il ait encore à s'emparer, ainsi que de tous les imbéciles qui s'y trouvent. Vous vouliez savoir pourquoi je redoutais l'arrivée de ce train ? Je vais vous le dire: c'est parce que Dimanche ou son secrétaire vient justement d'en descendre.

Syme laissa échapper un cri. Ils tournèrent, tous, les yeux vers la petite gare lointaine: en effet, un groupe considérable de gens se dirigeaient vers eux. Mais la distance ne permettait pas encore de les distinguer.

- C'était une habitude de feu M. le marquis de Saint-Eustache, dit le nouveau policeman en tirant de sa poche un étui de cuir, d'avoir toujours sur lui des jumelles d'opéra. Ou le président ou le secrétaire nous poursuit, à la tête de cette armée de bandits. Dans la paisible solitude où ils nous surprennent, nous n'aurons pas la tentation de violer quelque serment en faisant appel à la police... Je crois, docteur Bull, que vous verrez plus clair avec ces jumelles qu'avec vos lunettes, dont toutefois je ne méconnais pas la valeur décorative.

Le docteur s'empressa d'ôter ses lunettes et porta à ses yeux les jumelles qu'on lui offrait.

- Sûrement, dit le professeur, un peu ébranlé, la situation n'est pas aussi désespérée; ces gens sont en nombre, mais pourquoi ne seraient-ils pas tout simplement de paisibles touristes ?

- Est-il dans l'usage des paisibles touristes, demanda Bull, toujours les jumelles aux yeux, de se promener avec des masques noirs qui leur couvrent la moitié du visage ?

Syme arracha, presque, les jumelles au docteur. Les survenants n'avaient dans leur allure rien que de normal mais il était parfaitement vrai que deux ou trois des personnages du premier rang portaient un masque noir. Il était, comme on pense, difficile de reconnaître leurs traits sous ces masques, surtout à une telle distance. Syme ne pouvait tirer aucune conclusion des faces glabres et des mentons de ceux qu'il voyait au premier rang; mais tout en causant voici qu'ils eurent tous un sourire - et l'un d'eux ne sourit que d'un côté.

XI. LES MALFAITEURS À LA POURSUITE DE LA POLICE

☐

XI. Les malfaiteurs à la poursuite de la police

XI

Les malfaiteurs à la poursuite de la police

Syme en abaissant les jumelles se sentit l'esprit allégé d'un grand poids.

- Le président n'est pas avec eux, dit-il en s'épongeant le front.

- Mais, observa le colonel qui n'était qu'à moitié revenu de l'étonnement que lui avaient causé les explications rapides et polies de Bull, mais ils sont bien loin encore à l'horizon. Comment, à cette distance, pourriez-vous reconnaître votre président ?

- Aussi aisément que je pourrais, à cette même distance, distinguer un éléphant blanc, répondit Syme un peu irrité. Comme vous le dites, ils sont loin encore, mais, si le président était avec eux, je crois, parbleu, que le sol frémirait déjà sous nos pieds !

- Non, dit Ratcliff, tragiquement après un silence: il n'est pas là. Et moi, je voudrais qu'il y fût, car, très probablement, à cette heure, il fait à Paris une entrée triomphale - à moins qu'il ne se soit assis sur les ruines de la cathédrale de Saint-Paul.

- C'est absurde ! protesta Syme. Peut-être s'est-il, en effet, passé quelque chose, depuis notre départ de Londres, mais il est impossible qu'il ait ainsi pris le monde d'assaut.

Et regardant de nouveau dans la direction de la petite gare et des champs avoisinants:

- Oui, reprit-il, c'est toute une foule qui vient à nous; mais ce n'est pas l'armée organisée que vous y voyez.

- Oh ! dit Ratcliff, dédaigneux, ce n'est pas eux qui sont à craindre. Mais permettez-moi de vous faire observer que la force de cette racaille est proportionnée à la nôtre et que nous ne sommes pas grand-chose, mon ami, dans l'univers soumis à Dimanche. Il s'est personnellement assuré de toutes les lignes télégraphiques, de tous les câbles. Quant à l'exécution des membres du Conseil suprême, ce n'est rien pour lui, ce n'est qu'une carte postale à mettre à la poste, et le secrétaire suffit à cette bagatelle.

Et Ratcliff cracha dans l'herbe. Puis, se retournant vers les autres, il dit avec une certaine sévérité:

- Il y a bien des choses à dire en faveur de la mort. Mais, si l'un de vous se sent quelque préférence pour la vie, je lui conseille vivement de me suivre.

Sur ces mots, sans plus attendre, il tourna son large dos et se dirigea avec une muette énergie vers le bois.

En jetant un regard derrière eux, les autres s'aperçurent que le groupe sombre s'était détaché de la gare et s'avançait à travers la plaine avec une mystérieuse discipline. Les détectives pouvaient déjà voir à l'oeil nu les taches noires que faisaient les masques sur les figures du premier rang.

Syme et ses compagnons se décidèrent à suivre Ratcliff qui avait déjà gagné le bois et disparu parmi les arbres aux feuillages agités.

La matinée était chaude. En pénétrant dans le bois, ils furent surpris par la fraîcheur de l'ombre, comme des baigneurs qui frissonnent en se jetant à l'eau. Les rayons tremblants du jour, brisés et fragmentés par les arbres, faisaient comme un voile frémissant, dont l'impression trouble rappelait cette sorte d'étourdissement qu'on éprouve devant un cinématographe. Syme avait peine à distinguer ses compagnons, défigurés par les jeux dansants de la lumière et de l'ombre. Tantôt le visage de l'un émergeait d'un clair-obscur à la Rembrandt, tantôt deux mains d'une blancheur éblouissante, qui appartenaient à un homme à tête de nègre. L'ex-marquis avait ramené son chapeau de paille sur ses yeux, et l'ombre projetée du bord partageait si nettement en deux moitiés son visage qu'il semblait porter un masque tout pareil à celui des ennemis. Ce détail produisit sur Syme un effet hors de proportion avec sa cause. Ratcliff portait-il un masque ? Y avait-il quelqu'un seulement ? Ce bois enchanté, où les hommes devenaient tantôt blancs, tantôt noirs, où leurs figures apparaissaient tout à coup en pleine lumière pour tout à coup s'effacer dans la nuit, ce chaos de clair-obscur après la pleine clarté de la plaine semblait à Syme un parfait symbole du monde où il vivait depuis trois jours, de ce monde impossible où les gens enlevaient leurs lunettes, leur barbe, leur nez, pour se transformer en de nouveaux personnages. Cette tragique confiance en soi, qui l'avait animé quand il s'était imaginé que le marquis était le Diable, l'abandonnait maintenant qu'il savait que le marquis était un ami. Et il se sentait incapable, après tous ses étonnements, de préciser quelque différence bien nette entre un ami et un ennemi. Existait-il quelque différence appréciable entre n'importe quoi et n'importe quoi ? Le marquis avait enlevé son nez, et c'était maintenant un détective. Ne pourrait-il pas aussi aisément enlever sa tête et apparaître tout à coup sous les espèces d'un revenant ? Tout n'était-il pas à la ressemblance de cette forêt de féerie où la lumière et l'ombre dansaient la sarabande ? Tout ne consistait-il pas en visions rapides, éphémères, toujours imprévues et aussitôt oubliées qu'aperçues ? Gabriel Syme venait de faire, dans cette forêt tachetée de lumières, une découverte que beaucoup de peintres modernes y avaient faite avant lui: il avait trouvé ce que nos modernes nomment l'impressionnisme, c'est-à-dire une des formes innombrables de ce scepticisme radical et final qui ne reconnaît pas de support, de plancher à l'univers.

Ainsi qu'un homme qui, dans un cauchemar, se débat, essaie de crier, Syme fit un brusque effort pour se débarrasser de cette dernière imagination, la pire de toutes. En deux bonds, il rejoignit l'homme qui portait le chapeau de paille du marquis, l'homme qu'il avait appris à appeler Ratcliff et, très haut, avec une intonation excessivement gaie, il rompit cet infini silence et engagea la conversation:

- Puis-je vous demander où diable nous allons ? demanda-t-il.

L'angoisse dont il avait souffert était si sincère qu'il éprouva un grand soulagement en entendant une voix naturelle, une voix humaine lui répondre:

- Il faut que nous allions par la ville de Lancy vers la mer. Je crois que, dans cette partie du pays, nos ennemis ont peu de partisans.

- Quoi ! que voulez-vous dire ? s'écria Syme. Il est impossible qu'ils aient un tel empire sur le monde réel. Il n'y a pas beaucoup d'anarchistes parmi les travailleurs, et, s'il y en avait, de simples bandes de révoltés n'auraient pas aisément raison des armées modernes, de la police moderne.

- De simples bandes ! releva Ratcliff avec mépris. Vous parlez des foules et des travailleurs comme s'il pouvait être question d'eux ici. Vous partagez cette illusion idiote que le triomphe de l'anarchie, s'il s'accomplit, sera l'oeuvre des pauvres. Pourquoi ? Les pauvres ont été, parfois, des rebelles; des anarchistes, jamais. Ils sont plus intéressés que personne à l'existence d'un gouvernement régulier quelconque. Le sort du pauvre se confond avec le sort du pays. Le sort du riche n'y est pas lié. Le riche n'a qu'à monter sur son yacht et à se faire conduire dans la Nouvelle-Guinée. Les pauvres ont protesté parfois, quand on les gouvernait mal. Les riches ont toujours protesté contre le gouvernement, quel qu'il fût. Les aristocrates furent toujours des anarchistes; les guerres féodales en témoignent.

- Dans un cours d'histoire d'Angleterre à l'usage des petits enfants, dit

Syme, votre théorie pourrait n'être pas déplacée. Mais, dans les circonstances présentes...

- Voici son application à ces circonstances: la plupart des lieutenants de Dimanche sont des millionnaires qui ont fait leur fortune en Afrique du Sud ou en Amérique. C'est ce qui lui a permis de mettre la main sur tous les moyens de communication, et c'est pourquoi les quatre derniers champions de la police antianarchiste fuient dans les bois, comme des lièvres.

- Je comprends ce que vous dites des millionnaires, fit Syme, songeur. Ils sont presque tous fous. Mais s'emparer de quelques vieux maniaques est une chose, s'emparer d'une grande nation chrétienne en est une autre. Je parierais mon nez (excusez l'allusion !) que Dimanche ne pourrait convertir à sa doctrine qui que ce soit de normal et de sain d'esprit.

- Cela dépend ! De quelle sorte de gens voulez-vous parler ? dit l'autre.

- Par exemple, répondit Syme, en dardant son index juste en face de lui, je le défierais de convertir cet homme-ci.

Ils étaient arrivés dans une clairière baignée de lumière, qui, aux yeux de Syme, symbolisait son retour au bon sens. Au milieu de cette clairière se tenait un homme qui eût pu représenter ce bon sens de la façon la plus auguste. Bronzé par le soleil, ruisselant de sueur, grave de cette gravité infinie des petites gens qui s'acquittent des besognes indispensables, un lourd paysan coupait du bois avec sa hachette. Sa voiture était à quelques pas, à demi pleine déjà. Son cheval, qui broutait l'herbe, paisiblement, avait, comme le bûcheron lui-même, l'air tout à la fois courageux, sans désespoir et comme son maître il était prospère, et pourtant triste. Ce paysan picard, anguleux et maigre, d'une stature plus haute que la moyenne des Français, apparaissait, se détachant en noir sur un carré de lumière, comme quelque figure allégorique du travail, peinte à la fresque sur un fond d'or.

- M. Syme m'affirme, dit Ratcliff au colonel, que cet homme ne sera jamais anarchiste.

- M. Syme a raison, répondit le colonel Ducroix en riant, ne serait-ce que parce que cet homme a du bien à défendre. Mais j'oublie que, dans votre pays, on n'est pas habitué à voir des paysans riches.

- Il semble bien pauvre, dit le docteur Bull, sceptique.

- Parfaitement, dit le colonel. Et c'est pourquoi il est riche.

- Une idée ! s'écria Bull tout à coup. Combien nous demanderait-il pour nous prendre dans sa voiture ? Ces chiens sont à pied: nous pourrions ainsi les distancer.

- Proposez-lui n'importe quoi ! s'écria Syme. J'ai beaucoup d'or sur moi.

- Mauvais calcul, dit le colonel. Il ne vous prendra au sérieux que si vous marchandez.

- Oh ! s'il marchande ! s'écria Bull impatient.

- Il marchande, dit l'autre, parce qu'il est un homme libre. Vous ne comprenez pas que votre générosité éveillerait sa défiance. Et il ne vous demande pas de pourboire.

Ils croyaient déjà entendre le bruit des pas de leurs étranges persécuteurs. Ils durent pourtant, tout en piaffant d'impatience, attendre que le colonel eût parlementé avec le paysan, sur ce ton de plaisant badinage qui est d'usage dans les foires, les jours de marché.

Mais au bout de quatre minutes, ils virent que le colonel ne s'était pas trompé. Car le paysan était entré dans leurs vues, non pas avec cette servilité d'un valet qu'on a payé grassement, mais avec toute la dignité d'un avoué qui a été dûment " honoré ". À son avis, ce qu'ils pouvaient faire de mieux était de gagner une certaine petite auberge perchée sur la colline qui domine Lancy; l'aubergiste, un ancien soldat tombé dans la dévotion sur ses vieux jours, sympathiserait sûrement avec eux et consentirait même à courir quelques risques pour les aider. Ils se juchèrent donc sur les fagots et commencèrent, un peu bousculés par les cahots de la grossière voiture, à descendre la pente, assez rude, de la forêt. Si lourd et grinçant que fût le véhicule, on allait vite, et bientôt les détectives constatèrent avec satisfaction que la distance s'allongeait d'une manière appréciable entre eux et leurs ennemis.

Mais comment les anarchistes avaient-ils pu réunir un si considérable contingent ? La question restait sans réponse. De fait, il avait suffi de la présence d'un seul homme pour les mettre en fuite: les détectives avaient pris la fuite en reconnaissant le monstrueux rictus du secrétaire.

De temps à autre, Syme regardait par-dessus son épaule. Comme la distance faisait paraître la forêt plus petite, Syme aperçut les versants ensoleillés de la colline qui encadraient le petit bois, et sur les versants s'avançait le carré noir de la foule en marche, compacte: on eût dit un monstrueux scarabée. Dans la pleine lumière du soleil, Syme, grâce à sa vue très perçante, presque télescopique, distinguait les individus. Mais il était de plus en plus surpris de voir qu'ils se déplaçaient comme un seul homme. Les vêtements étaient sombres, les chapeaux n'avaient rien de remarquable. C'était n'importe quelle foule, comme on en peut voir dans n'importe quelle rue. Mais cette foule ne se dispersait pas, ne s'éparpillait pas comme une foule ordinaire n'eût pas manqué de le faire. L'unité du mouvement avait quelque chose d'épouvantablement mécanique; c'était comme une armée d'automates.

Syme communiqua son impression à Ratcliff.

- Oui, répondit le policier. Voilà de la discipline ! Voilà Dimanche ! Il est peut-être à cinq cents lieues d'ici, mais la peur qu'il inspire à tous ces hommes pèse sur eux comme le doigt de Dieu. Oui, ils marchent avec ordre, et vous pouvez parier vos bottes qu'ils parlent avec ordre, qu'ils pensent avec ordre. Ce sont des gens réguliers. Ce qui nous importe, c'est qu'ils disparaissent régulièrement !

Syme approuva de la tête. Et, en effet, la tache noire des ennemis allait s'effaçant de plus en plus, à mesure que le paysan frappait son cheval.

Le niveau du sol, assez égal en somme, s'étageait, de l'autre côté du bois, vers la mer, en vagues lourdes, dont la première moitié était assez escarpée. Cela rappelait les vagues de terrain des dunes du Sussex. Une seule différence: dans le Sussex, la route eût été brisée et anguleuse comme le lit d'un petit ruisseau, tandis que la blanche route française se dessinait, devant les fugitifs, droite comme une cataracte. La voiture descendit cette pente abrupte, et, la route devenant de plus en plus raide, ils aperçurent à leurs pieds le petit port de Lancy et un grand arc de mer bleue.

Le nuage ambulant de leurs ennemis avait tout à fait disparu de l'horizon.

La voiture contourna un bouquet d'ormeaux, et le mufle du cheval faillit frapper à la tête un vieillard assis sur un banc, devant un petit café à l'enseigne du Soleil d'Or. Le paysan murmura une excuse et descendit de son siège. Les détectives descendirent à leur tour, l'un après l'autre, et adressèrent au vieillard quelques phrases de politesse. À ses manières accueillantes, on devinait en lui le propriétaire de l'auberge. C'était un vieux bonhomme aux cheveux blancs, à la figure ridée comme une pomme, aux yeux somnolents, à la barbe grise. Un sédentaire, inoffensif, type assez commun en France, et plus encore dans les provinces catholiques de l'Allemagne. Tout, autour de lui, sa pipe, son pot de bière, ses fleurs, sa ruche, respirait une paix immémoriale. Seulement, en entrant dans la principale pièce de l'auberge, les visiteurs aperçurent un sabre fixé contre le mur.

Le colonel salua l'aubergiste comme un vieil ami, entra dans le débit et commanda quelques obligatoires rafraîchissements.

Syme fut frappé de voir que le colonel affectait, dans ses mouvements, une décision toute militaire.

Quand le vieil aubergiste fut sorti, il profita de l'occasion pour satisfaire sa curiosité:

- Puis-je savoir, colonel, demanda Syme à voix basse, pourquoi nous sommes venus ici ?

Le colonel sourit derrière sa rude moustache blanche.

- Pour deux raisons, monsieur, répondit-il, et je vous donnerai d'abord non pas la plus importante mais la plus utilitaire. Nous sommes venus ici parce que c'est le seul endroit jusqu'à vingt lieues à la ronde où nous puissions trouver des chevaux.

- Des chevaux ! répéta Syme en levant les yeux sur le colonel.

- Oui ! Si vous voulez échapper aux gens qui vous poursuivent, il vous faut des chevaux. À moins, bien entendu, que vous n'ayez dans vos poches des bicyclettes ou des automobiles...

- Et où devons-nous nous diriger selon vous ? demanda Syme.

- Sans aucun doute, le mieux que vous puissiez faire est de vous rendre en toute hâte au poste de police, qui est à l'autre bout de la ville. Mon ami, à qui j'ai servi de témoin dans des circonstances passablement exceptionnelles, exagère grandement, je l'espère, quand il parle de la possibilité d'un soulèvement général; mais il n'oserait pas contester lui-même, je pense, que vous soyez à l'abri auprès des gendarmes.

Syme fit gravement un signe de tête, puis demanda:

- Et votre autre raison, pour nous avoir conduits ici ?

- C'est, répondit Ducroix simplement, qu'il n'est pas mauvais de voir un brave homme ou deux, quand on est, peut-être, tout près de la mort.

Syme jeta un regard sur le mur et y vit une peinture religieuse, grossière et pathétique.

- Je suis de votre avis, dit-il.

Et aussitôt après:

- Quelqu'un s'occupe-t-il des chevaux ?

- Oui. J'ai donné des ordres en arrivant. Vos ennemis n'avaient pas l'air de se presser, mais, en réalité, ils vont très vite, comme des soldats bien exercés. Je n'aurais jamais cru qu'on pût trouver une telle discipline chez les anarchistes. Vous n'avez pas un moment à perdre.

Il parlait encore, que le vieil aubergiste aux yeux bleus et aux cheveux blancs rentra dans la pièce, annonçant que six chevaux étaient sellés et attendaient.

Sur le conseil de Ducroix, on se munit de quelques provisions de bouche et de vin. On garda les épées du duel, seules armes qu'on eût à sa disposition, et les fugitifs descendirent au galop la route blanche et abrupte.

Les deux domestiques qui avaient porté le bagage du marquis, quand il était encore marquis, restèrent à l'auberge, où ils purent boire selon leur inclination.

Le soleil descendait vers l'occident et à sa lueur Syme vit diminuer de plus en plus la haute stature de l'aubergiste qui les suivait du regard, immobile sur le seuil. Le couchant illuminait l'argent de ses cheveux. Syme, se souvenant de la parole du colonel, songeait que c'était peut-être, là, en effet, le dernier honnête homme qu'il verrait jamais sur la terre.

Et il regardait encore cette figure qui s'évanouissait, qui ne faisait déjà plus qu'une tache grise, touchée d'une flamme blanche sur le grand mur vert de la falaise; et, comme il regardait toujours dans cette direction, apparut, au sommet de la dune, derrière l'aubergiste, une armée d'hommes noirs en marche. Ils étaient suspendus au-dessus de ce brave homme et de sa maison comme une nuée noire de sauterelles.

Les chevaux n'avaient été sellés qu'à temps.

XII. LA TERRE EN ANARCHIE

XII. La terre en anarchie

XII

La terre en anarchie

Mettant leurs chevaux au galop, sans tenir compte de la rapidité de la descente, les fugitifs eurent bientôt pris sur les poursuivants une nouvelle avance. Et bientôt intervenait entre les uns et les autres, comme un rempart, la masse des premières maisons de Lancy.

La chevauchée avait été longue. Quand Syme et ses amis atteignirent le coeur de la ville, l'occident s'animait déjà des chaudes et capiteuses couleurs du couchant.

Le colonel proposa de s'attacher un certain personnage de sa connaissance qui pourrait être utile; on se dirigerait ensuite vers le poste de police.

- Il y a, dit-il, dans cette ville, cinq individus fort riches. Quatre d'entre eux sont de vulgaires coquins. Je crois bien qu'en telle matière la proportion est sensiblement la même dans tous les pays. Le cinquième est un honnête homme, de mes amis, et, ce qui ne manque pas d'importance dans notre cas, il possède une automobile.

- J'ai bien peur, dit le professeur avec un sourire mélancolique et tout en jetant un regard en arrière, sur la route blanche, où la tache noire et rampante pouvait apparaître d'un moment à l'autre, j'ai bien peur qu'on ne nous laisse pas le temps de faire des visites…

- La maison du docteur Renard n'est qu'à trois minutes d'ici, dit le colonel.

- Et le danger n'est pas à deux minutes, dit Bull.
- Oui, dit Syme, en faisant diligence nous les laisserons en arrière, puisqu'ils sont à pied.
- Je vous répète, insista le colonel, que mon ami a une automobile.
- Êtes-vous sûr qu'il nous la donne ? demanda Bull.
- Mais oui ! Il est avec nous.
- Silence ! fit tout à coup Syme. Quel est ce bruit ?

Pendant une seconde, ils se tinrent immobiles, comme des statues équestres, et, pendant une, deux, trois secondes, la terre et le ciel aussi parurent s'immobiliser: et sur la route ils entendirent tous ce bruit cadencé, répété, indescriptible mais qu'il est impossible de méconnaître, le bruit que font des chevaux au trot.

La figure du colonel s'altéra instantanément comme si un éclair l'avait frappé sans l'endommager.

- Ils nous tiennent ! dit-il.

Et après un instant, sur le ton d'une ironie militaire:

- À vos rangs pour recevoir la cavalerie !
- Où diable ont-ils pu trouver des chevaux ? murmura Syme tout en faisant, machinalement, cabrer sa monture.

Le colonel eut un moment de silence, puis d'une voix altérée:

- Je suis absolument sûr, dit-il, comme je vous l'ai déjà dit, qu'à vingt lieues à la ronde il est impossible de s'en procurer ailleurs qu'au Soleil d'Or.
- Non ! s'écria Syme violemment, non ! je ne puis croire qu'il ait fait cela, cet honnête homme, avec ses cheveux blancs !
- Peut-être a-t-il eu la main forcée, dit le colonel doucement… Ils sont cent, au moins… Si vous m'en croyez, au galop chez mon ami Renard qui a une auto !

Et, sans attendre de réponse, il piqua des deux et tourna un coin de rue. De toute la vitesse de leurs bêtes, les autres avaient peine à suivre la queue de son cheval.

Le docteur Renard habitait une haute et confortable maison, au point le plus élevé d'une rue montueuse, de sorte qu'en descendant à sa porte, les cavaliers purent apercevoir une fois de plus, dominant tous les toits de la ville, le vert sommet de la colline et la route blanche qui en dévalait. Ils respirèrent en constatant que la route était libre et ils tirèrent la sonnette.

Le docteur Renard était un homme de santé florissante, à la barbe brune, un remarquable exemplaire de cette espèce ancienne de médecins consciencieux, calmes, très actifs, comme on en rencontre plus fréquemment en France qu'en Angleterre. Quand on lui eut expliqué le cas, il éclata de rire devant la panique de l'ex-marquis. Avec son robuste scepticisme français, il assura qu'un soulèvement anarchiste universel était totalement impossible:

- L'anarchie, dit-il en haussant les épaules, quel enfantillage !

114

- Et ça ! dit tout à coup le colonel en invitant du geste son ami à regarder du côté de la colline, est-ce aussi de l'enfantillage ?

Ils virent tous alors un vol de cavalerie noire qui s'abattait sur la route du sommet de la colline avec toute l'irrésistible furie des hordes d'Attila. Mais les cavaliers, bien qu'ils allassent à toute allure, gardaient leurs rangs, et les masques noirs restaient exactement alignés à l'avant-garde, avec une rectitude toute militaire. Malgré l'allure précipitée, la masse ne fléchissait pas, mais une différence apparaissait maintenant dont ils purent se rendre compte comme si la pente de la colline eût été une carte disposée sur un plan incliné. Toute cette masse en mouvement formait un seul bloc. Toutefois, en tête de la colonne, un cavalier isolé galopait; avec des gestes fous des mains et des talons, il excitait son cheval, et l'on eût plutôt cru voir un homme poursuivi par des ennemis qu'un homme à leur poursuite.

Or, même à cette grande distance, les détectives ne tardèrent pas à reconnaître, dans ce fanatique chevaucheur, le secrétaire de Dimanche.

- Je regrette vivement d'abréger une discussion savante, dit le colonel. Pourriez-vous, cher ami, me prêter votre automobile sur-le-champ ?

- J'ai une vague idée que vous êtes tous fous, observa le docteur avec un aimable sourire, mais, à Dieu ne plaise que la folie et l'amitié ne puissent faire bon ménage ! Allons au garage.

Le docteur Renard était un homme très bon et puissamment riche. Sa maison était un petit musée de Cluny, et il possédait trois automobiles, dont, personnellement, il faisait un usage très discret, ayant les goûts simples de la classe moyenne française. Nos gens perdirent quelques minutes à examiner les voitures, à s'assurer que l'une d'elles était en bon état de service, et ce ne fut pas sans peine qu'ils la poussèrent dans la rue, devant la porte du docteur.

En sortant du garage, ils s'aperçurent avec surprise que le jour s'éteignait: la nuit venait avec cette soudaineté qu'elle n'a qu'aux pays tropicaux. Avaient-ils mis à faire leur choix plus de temps qu'ils ne pensaient, ou s'était-il formé au-dessus de la ville quelque extraordinaire amas de nuages ? Ils regardèrent le long de la rue en pente, et crurent distinguer un léger brouillard qui s'élevait de la mer.

- Maintenant ou jamais ! dit Bull. J'entends les chevaux.

- Non, corrigea le professeur: un cheval.

Ils écoutèrent attentivement: en effet, ce n'était pas la cavalcade entière qui se rapprochait, mais un seul cavalier, en avance sur l'armée, et c'était le forcené secrétaire.

La famille de Syme, comme la plupart de celles qui aboutissent à la vie simple, avait jadis possédé une automobile. Syme connaissait donc à merveille la manoeuvre. Il s'était hissé sur le siège du chauffeur, et, de toutes ses forces, en se congestionnant, il tirait sur les rouages, hors d'usage depuis longtemps. Il appuya sur le volant:

- Je crains bien qu'il n'y ait pas moyen, dit-il avec un flegme irréprochable.

Il n'avait pas achevé, qu'un homme, droit en selle sur un cheval écumant, tournait le coin de la rue avec la rapidité, la rigidité d'une flèche. Le menton, crispé par un rictus, faisait saillie, comme disloqué. Le cavalier s'avança vers l'auto stationnaire, où les détectives étaient en train de monter, et mit la main sur le rebord de la capote. C'était le secrétaire. Un muet rire de triomphe tordait sa bouche.

Syme pesait toujours sur le volant. On n'entendait que la galopade furieuse de l'armée anarchiste entrant dans la ville. À ce bruit, tout à coup un autre bruit se mêla, celui du fer grinçant contre le fer, et l'auto s'enleva dans une brusque embardée. Elle arracha le secrétaire de sa selle, comme on tire une épée d'une gaine, le traîna pendant une dizaine de pas en le secouant terriblement, et finit par le jeter sur la route, où il tomba de tout son long, devant son cheval hennissant d'effroi.

Comme l'auto tournait le coin dans un magnifique virage, les détectives purent voir les anarchistes qui se répandaient dans la rue. Les premiers arrivants mirent pied à terre pour relever leur chef.

- Je ne puis comprendre que la nuit soit tombée si tôt, dit le professeur à voix basse.

- C'est un orage qui se prépare, dit le docteur Bull. Quel dommage que nous n'ayons pas de lanterne, ne fût-ce que pour y voir !

- Nous en avons une ! s'écria le colonel en ramassant dans le fond de la voiture une lourde lanterne démodée en fer forgé.

C'était, évidemment, un objet fort ancien. Sa destination première avait dû être religieuse, car, sur l'un de ses côtés, elle portait une croix, grossièrement figurée.

- Où donc avez-vous trouvé cela ? demanda le professeur.

- Où nous avons trouvé l'auto, répondit le colonel, chez le meilleur de mes amis. Pendant que notre chauffeur s'escrimait contre le volant, j'ai couru à la porte, où se tenait Renard qui nous regardait partir. " Je pense, lui ai-je dit, qu'il n'est plus temps de chercher une lampe. "Il leva les yeux en souriant aimablement vers le splendide plafond voûté de son vestibule: cette lanterne y était suspendue par des chaînes d'une admirable ferronnerie; c'est un des mille trésors anciens de son trésor. À la force du poignet, il arracha cette lampe du plafond: les panneaux peints se fendirent, deux vases bleus tombèrent en même temps. Et il me tendit cette lanterne que je me hâtai de placer dans l'auto. Avais-je tort de dire que Renard méritait d'être connu ?

- Vous aviez raison, dit Syme, gravement.

Et il plaça la lourde lanterne devant lui.

Il y avait comme une allégorie de leur aventure dans le contraste de cette auto, si moderne, et de cette lampe, étrangement ecclésiastique.

Jusqu'à présent, ils n'avaient encore traversé que les parties les plus paisibles de la ville; ils n'avaient encore rencontré que deux ou trois piétons dont l'aspect ne leur permettait de rien préjuger des dispositions sympathiques ou hostiles de la population. Mais maintenant les fenêtres s'allumaient une à une; on se sentait dans un lieu habité, entouré d'humanité.

Le docteur Bull se tourna vers Ratcliff, et avec un de ses sourires d'amitié:

- Ces lumières vous remontent un peu le coeur, dit-il.

L'inspecteur Ratcliff fronça le sourcil.

- Il n'y a qu'une lumière qui puisse me remonter le coeur, répliqua-t-il, c'est celle du poste de police que je vois à l'autre bout de la ville. Plaise à Dieu que nous y parvenions avant dix minutes !

Le bon sens et l'optimisme de Bull se révoltèrent. Il s'écria:

- Tout cela n'est que folie et sottise ! Si vous croyez vraiment que de bons bourgeois, dans leurs bonnes maisons bourgeoises, nourrissent des sentiments anarchistes, c'est que vous êtes vous-même plus fou qu'un anarchiste ! Si nous retournions pour nous battre avec ces misérables, nous aurions toute la ville avec nous !

- Non, dit l'autre avec une simplicité déconcertante, c'est pour eux que toute la ville prendrait parti. D'ailleurs, vous allez voir…

Tandis qu'ils parlaient, le professeur, soudainement inquiet, s'était penché en avant:

- Qu'est-ce encore que ce bruit ? fit-il.

- Les chevaux ! dit le colonel. Je croyais pourtant que nous avions du chemin entre eux et nous !

- Les chevaux ? dit le professeur. Non ! Ce ne sont pas des chevaux ! Et le bruit ne vient pas de derrière nous.

Au même moment, au bout de la rue devant eux et en travers, deux formes éclairées passèrent avec un bruit de ferraille. Elles s'évanouirent dans un éclair, mais chacun avait reconnu des automobiles, et le professeur se leva tout pâle et jura que c'étaient celles qu'ils avaient laissées dans le garage du docteur Renard.

- Je vous dis que ce sont les siennes, répéta-t-il et elles étaient pleines d'hommes masqués !

- Absurde ! fit le colonel. Jamais Renard ne leur aurait livré ses autos !

- On les lui aura prises, dit Ratcliff tranquillement. Je vous dis que toute la ville est contre nous.

- Vraiment, demanda le colonel incrédule, vous avez cette conviction ?

- Et ce sera bientôt la vôtre, fit Ratcliff, avec le calme du désespoir.

Il se fit un silence embarrassé. Puis, le colonel reprit tout à coup:

- Non ! Je ne puis le croire ! C'est pure folie ! Les bonnes et simples gens d'une paisible petite ville française…

Il fut brutalement interrompu par une détonation, tandis qu'une soudaine lueur l'éblouissait. Dans sa course, l'auto laissa derrière elle une fumée blanche. Syme avait entendu une balle siffler à ses oreilles.

- Bon Dieu ! fit le colonel, on nous tire dessus !

- Que cela n'interrompe pas notre conversation, dit Ratcliff. Je vous en prie, colonel, poursuivez vos judicieuses observations: vous disiez, je crois, que les simples gens d'une paisible petite ville française…

Le colonel n'était plus en état de s'arrêter aux ironies du détective; il regardait tout autour de lui, en grommelant:

- C'est extraordinaire ! Tout à fait extraordinaire…

Syme ajouta:

- Un gêneur dirait même que…

- Que c'est désagréable ! n'est-ce pas ? Mais je pense que ces lumières, au bout de la rue, dans le faubourg, sont celles de la gendarmerie. Nous allons y arriver.

- Non, dit Ratcliff, nous n'y arriverons jamais.

Il s'était levé pour regarder au loin; il s'assit, en lissant ses cheveux d'un geste las.

- Que voulez-vous dire ? demanda Bull, sèchement.

- J'ai dit et je répète que nous n'atteindrons jamais le poste, répondit le pessimiste placide. Les anarchistes ont déjà placé deux rangs d'hommes armés en travers du chemin; je les vois d'ici. La ville est en armes, comme je l'avais prévu. Je ne puis que me reposer dans le délicieux sentiment de n'avoir commis aucune erreur de calcul.

Et Ratcliff, s'installant d'une manière confortable, alluma une cigarette, tandis que les autres se levaient précipitamment et sondaient la rue de leurs regards inquiets.

Syme avait peu à peu modéré l'allure de l'auto, dans la mesure où les plans des fugitifs perdaient de leur décision; il fit halte à l'angle d'une rue qui descendait vers la mer par une pente très rapide.

Presque toute la ville était déjà plongée dans l'ombre, bien que le soleil n'eût pas encore disparu de l'horizon. Tout ce qu'il touchait du bout de ses rayons se colorait d'or ardent, et ces derniers feux du couchant étaient aigus et minces comme des projections de lumière artificielle dans un théâtre. L'auto atteinte par ces clartés, brillait comme un char enflammé. Mais, autour d'elle, et surtout aux extrémités de la rue, tout était déjà dans la nuit. Pendant quelques secondes, les détectives ne purent rien voir. Enfin, Syme, de qui la vue était singulièrement perçante, eut un petit rire amèrement ironique:

- C'est parfaitement vrai, dit-il. Il y a une foule, ou une armée, ou je ne sais quoi d'analogue, au bout de cette rue.

- Dans ce cas, fit le docteur Bull, il s'agit d'autre chose. Cette foule se livre peut-être à quelque réjouissance locale; par exemple, elle célèbre la fête du maire, ou quelque chose dans ce genre. Je ne puis ni ne veux admettre que les habitants de cette honnête ville se promènent avec de la dynamite dans leurs poches. Avançons un peu, Syme, et voyons de plus près.

L'auto fit une centaine de mètres. Tout à coup, le docteur Bull partit d'un grand éclat de rire qui étonna tout le monde.

- Eh bien ! s'écria-t-il, que vous disais-je, sots que vous êtes ? Ces gens-là sont aussi doux et respectueux des lois que des moutons, et s'ils ne l'étaient pas ils seraient de notre bord.

- Qu'en savez-vous ? demanda le professeur, étonné.

- Chauve-souris aveugle ! s'écria Bull. Voyez donc qui les commande !

Ils regardèrent de tous leurs yeux.

- C'est Renard ! s'écria le colonel d'une voix enrouée.

En effet, un groupe d'hommes, ou plutôt d'ombres, formait au bout de la rue une masse indistincte; mais, détaché de cette masse et éclairé par la lumière du soir, le docteur Renard faisait les cent pas. C'était lui, c'était bien lui, avec sa barbe brune, qu'il caressait, et son chapeau blanc. Mais, dans sa main gauche, il tenait un revolver.

- Fou que j'étais ! dit joyeusement le colonel, ce brave garçon est venu à notre aide !

Bull étouffait de rire. Tout en brandissant l'une des épées du duel, négligemment, comme il eût fait d'une canne, il sauta à terre en criant:

- Docteur Renard, hé ! docteur Renard !

L'instant d'après, Syme crut que ses yeux étaient devenus fous dans sa tête: le philanthropique docteur Renard avait délibérément braqué son revolver et fait feu sur Bull, par deux fois. La double détonation éveillait tous les échos de la rue.

Au flocon de fumée qui s'élevait de la main du docteur Renard, la cigarette du cynique Ratcliff répondit par un mince nuage bleu. Comme ses compagnons, Ratcliff avait pâli, mais il ne cessait de sourire.

Cible vivante, le docteur Bull, dont les cheveux avaient été frôlés par les balles, resta un instant immobile au milieu de la rue, sans manifester aucune peur, puis, lentement, se retourna et se hissa dans l'auto. Il avait deux trous à son chapeau.

- Eh bien ! dit lentement le fumeur de cigarettes, qu'en pensez-vous, à présent ?

- Je pense, répondit le docteur Bull avec beaucoup de précision, je pense que je suis couché dans mon lit, au numéro 217 de Peabody Buildings, et que je vais bientôt me réveiller en sursaut. Ou bien encore je pense que je suis dans une petite cellule matelassée de Hanwell et que le médecin désespère de mon cas. Mais, si vous voulez savoir ce que je ne pense pas, je vais vous le dire. Je ne pense pas ce que vous pensez. Je ne pense pas et je ne penserai jamais que la multitude des honnêtes gens du commun soit composée de sales penseurs modernes. Non, Monsieur, je suis un démocrate, et je ne crois pas que Dimanche puisse convertir un manoeuvre ou un saute-ruisseau, non ! Je suis peut-être fou, mais l'humanité n'est pas folle.

Syme tourna vers lui son regard bleu clair, et, avec une gravité insolite:

- Vous êtes un bien brave garçon, dit-il. Votre bon sens croit à celui des autres, qui n'est pas nécessairement le vôtre. Et vous avez raison quand vous parlez ainsi de l'humanité en général, des paysans, par exemple, ou de l'aubergiste du Soleil d'Or. Mais vous vous trompez sur le cas de Renard. Je l'ai tout de suite soupçonné. C'est un rationaliste, et, circonstance aggravante, il est riche. Si le sentiment du devoir et la foi religieuse doivent un jour disparaître, ce sera par la faute des riches.

- Le devoir et la religion ont dès maintenant disparu, dit Ratcliff en se levant, les mains dans les poches: voici les diables qui s'avancent.

Ils regardèrent tous, avec inquiétude, dans la direction que désignait le regard rêveur de Ratcliff, et virent que tout le régiment massé au bout de la rue marchait sur eux, le docteur Renard en tête, furieux, la barbe au vent. Le colonel bondit hors de l'auto:

- Messieurs ! cria-t-il, cela n'est pas possible, cela n'est pas ! Ce ne peut être qu'une plaisanterie. Si vous connaissiez Renard comme je le connais !... Autant vaudrait dire que la reine Victoria est un dynamitard ! Si vous aviez dans la tête la moindre idée du caractère de cet homme…

- Dans son chapeau, du moins, Bull a quelque idée de ce précieux caractère, dit Syme sardonique.

- Je vous dis que c'est impossible ! répéta le colonel en frappant du pied. Renard s'expliquera; il m'expliquera tout, à moi.

Et le colonel fit un pas en avant.

- Ne vous pressez pas tant ! murmura Ratcliff. Il nous aura bientôt tout expliqué, à nous tous à la fois.

Mais le bouillant colonel, sans plus rien écouter, marchait à l'ennemi. Renard, dans l'ardeur du combat, leva de nouveau son revolver. Toutefois, en reconnaissant l'homme qu'il avait devant lui, il hésita, et le colonel l'aborda en faisant des gestes de remontrance.

- Il perd son temps, dit Syme, il n'y a rien à espérer de ce vieux païen. Je serais d'avis de foncer à travers cette foule, bang ! comme les balles ont passé à travers le chapeau de Bull. Nous serions probablement tués, mais du moins nous tuerions en retour, bon nombre de ces enragés.

- Pas d'ça, mon vieux ! fit Bull avec l'accent faubourien où sonnait sincèrement sa vertu démocratique. Peut-être ces pauvres gens font-ils erreur. Laissons parlementer le colonel.

- Retournons en arrière, alors, proposa le professeur.

Non, dit Ratcliff, froidement: la rue est fermée derrière nous aussi. D'ailleurs, il me semble que j'y aperçois un autre de vos amis, Syme.

Syme retourna vivement l'auto et vit un corps irrégulier de cavaliers qui s'approchaient d'eux dans l'ombre. Au-dessus de la selle du cheval de tête, il aperçut le reflet argenté d'un sabre, et bientôt le reflet argenté des cheveux d'un vieillard. Aussitôt, il remit l'auto en marche en sens inverse, à toute vitesse, dans la direction de la mer. Un homme décidé au suicide n'aurait pas agi autrement.

- Qu'y a-t-il, que diable ? s'écria le professeur en lui saisissant le bras.

- L'étoile du matin est tombée ! dit Syme.

Et l'auto elle-même se précipitait dans la nuit comme une étoile qui tombe. Les autres, sans comprendre l'énigmatique parole de Syme, regardaient autour d'eux avec désespoir. Mais, en se retournant, ils virent la cavalerie lancée à leur poursuite: en avant galopait le bon aubergiste du Soleil d'Or, et son visage flamboyait dans l'innocence des derniers feux du soir.

- Le monde est devenu fou ! gémit le professeur en se cachant la figure dans ses mains.

- Non, protesta Bull avec l'entêtement d'une humilité plus solide que le diamant, c'est moi qui suis fou.

- Qu'allons-nous faire ? demanda le professeur.

- Pour le moment, répondit Syme du ton précis d'un observateur désintéressé, nous allons cogner un réverbère.

La seconde d'après l'automobile, avec un bruit de catastrophe heurta un objet de fer. L'instant d'après les quatre hommes s'étaient à grand-peine dégagés d'un chaos de métal et au bord de la jetée, un réverbère tordu et courbé ressemblait à la branche d'un arbre brisé.

- Allons, dit le professeur avec un léger sourire, nous avons cassé quelque chose, c'est une consolation.

- Deviendriez-vous anarchiste ? gronda Syme, tout en secouant par un instinct de propreté la poussière de ses habits.

- Tout le monde l'est, affirma Ratcliff.

Cependant, l'aubergiste et son escadron descendaient la rue dans un bruit de tonnerre, tandis qu'une autre troupe poussait des cris et formait la haie, le long de la mer.

Syme saisit une épée entre ses dents, en plaça deux autres sous ses bras, en empoigna de la main gauche une quatrième, et, la lanterne dans la main droite, bondit du quai sur le rivage.

Les autres sautèrent derrière lui, se ralliant au parti qu'il prenait et abandonnant à la foule les débris de l'auto.

- Il nous reste une dernière chance, expliqua Syme en ôtant l'épée d'entre ses dents. Quoi que puisse signifier ce pandémonium, je pense que la police nous viendra en aide. La route, il est vrai, nous est fermée, nous ne pouvons atteindre le poste. Mais distinguez-vous ce brise-lames qui entre dans la mer ? Nous pouvons y tenir assez longtemps, comme Horatius Coclès, vous savez, quand il défendait le pont. Tâchons de résister au moins jusqu'à l'arrivée des gendarmes. Suivez-moi !

Ils descendirent, le long du rivage, jusqu'à ce qu'ils sentissent sous leurs pieds, non plus le gravier naturel, mais de larges pavés. Ils suivirent alors une longue et basse jetée qui s'engageait dans la mer bouillonnante, et, quand ils eurent atteint l'extrémité de cette jetée, ils comprirent qu'ils étaient au bout, aussi, de leur histoire.

Ils se retournèrent, face à la ville.

Cette ville ! La révolte l'avait transformée.

Tout le long du quai, c'était un fleuve confus et mugissant d'hommes qui agitaient les bras en dardant vers la mer des yeux ardents. Des torches et des lanternes trouaient, çà et là, cette épaisse ligne sombre. Mais, même sur les figures qu'on ne voyait point, même dans les gestes qu'on pouvait à peine deviner dans le tréfonds des ténèbres, on sentait une haine concertée. Il était évident que la malédiction universelle s'acharnait sur eux. Mais pourquoi ?

Deux ou trois hommes sautèrent du quai sur le rivage comme ils avaient fait eux-mêmes. On eût dit des singes tant ils paraissaient petits, tant ils étaient agiles et noirs.

Ils s'engagèrent sur le sable en poussant des cris horribles et tentèrent de gagner à gué la jetée. Leur exemple fut suivi, et toute la masse hurlante se déversa par-dessus le parapet du quai, comme une noire marmelade.

Parmi les premiers arrivants, Syme reconnut le paysan qui avait mis sa charrette à leur disposition. Il s'élançait dans l'écume, monté sur un grand cheval de trait en brandissant sa hache de bûcheron.

- Les paysans ! s'écria Syme: ils ne s'étaient pas révoltés depuis le Moyen Âge !

- Même la police, si elle survenait, ne pourrait rien contre cette foule, dit le professeur tristement.

- Folie ! fit Bull désespéré, il y a sûrement encore des êtres humains dans cette ville !

- Non, dit Ratcliff. Le genre humain va disparaître. Nous en sommes les derniers représentants.

- Peut-être, répondit le professeur, d'un air distrait; puis il ajouta de sa voix rêveuse: comment est-ce donc, la fin de la Dunciade ? Vous rappelez-vous ?... " Tout s'éteint, le feu de la nation comme celui du citoyen. Il ne reste ni le flambeau de l'homme ni l'éclair de Dieu. Voyez, ton noir Empire, Chaos, est restauré. La lumière s'évanouit devant ta parole qui ne crée pas. Ta main, grand Anarque, laisse tomber le rideau et la nuit universelle engloutit tout ! "

- Silence ! cria Bull, voici les gendarmes !

En effet, devant les fenêtres éclairées du poste de police défilaient hâtivement des ombres, et, dans la nuit, on entendait le cliquetis d'une cavalerie disciplinée.

- Ils chargent la foule, continuait Bull, fou de joie, ou peut-être de peur.

- Non, dit Syme, les gendarmes se rangent le long du quai.

Bull se mit à danser:

- Ils ont épaulé leurs carabines ! s'écria-t-il.

- Oui, concéda Ratcliff, pour tirer sur nous.

On entendit une décharge de mousqueterie, et les balles grêlèrent sur les pierres de la jetée.

- Les gendarmes sont avec eux ! fit le professeur en se frappant la tête des deux poings.

- Je suis dans le cabanon des fous furieux, déclara Bull avec résignation.

Tous se turent, Ratcliff considéra la mer gris-violet, et dit:

- Fous ou sages, qu'importe ? Nous serons tous morts tout à l'heure.

- Vous avez donc perdu tout espoir ? lui demanda Syme.

M. Ratcliff observa le silence d'un rocher.

- Non, ce qu'il y a de plus étrange, répondit-il enfin, c'est que je n'ai pas perdu tout espoir. Je sens palpiter en moi un tout petit espoir insensé, que je ne puis chasser de mon esprit. Toutes les puissances de la planète sont coalisées contre nous. Et je ne puis m'empêcher de me demander si cette folle petite espérance est tout à fait déraisonnable.

- En qui ou en quoi espérez-vous ? questionna Syme, curieux.

- En un homme que je n'ai jamais vu, répondit l'autre en se tournant vers la mer de plomb.

- Je sais qui vous voulez dire, répondit Syme à voix basse, l'homme de la chambre obscure. Il y a longtemps que Dimanche l'aura tué !

- Peut-être. En tout cas, c'est le seul homme que Dimanche ait pu avoir quelque peine à tuer.

- J'ai entendu ce que vous avez dit, intervint le professeur, qui leur tournait le dos; moi aussi, je crois fermement en ce que je n'ai jamais vu.

Syme qui était là comme aveuglé à force de réfléchir se tourna tout à coup et s'écria brusquement comme un homme subitement réveillé:

- Où est le colonel ? Je le croyais avec nous !

- Le colonel ? répéta Bull. Ah ! oui, où est donc le colonel ?

- Il est parti pour conférer avec Renard, dit le professeur.

- Nous ne pouvons l'abandonner à ces brutes ! dit Syme. Mourons en gens d'honneur, si...

- Ne vous apitoyez pas trop sur le sort du colonel, fit Ratcliff avec un pâle sourire de mépris. Le colonel est tout à fait à son aise, il est...

- Non ! Non ! Et non ! interrompit Syme avec une sorte de fureur. Qui vous voudrez, mais pas le colonel ! Je ne le croirai jamais !

- En croirez-vous vos yeux ? demanda l'autre en montrant le rivage.

Beaucoup de leurs ennemis étaient entrés dans l'eau en serrant les poings. Mais la mer était mauvaise, et ils ne pouvaient atteindre la jetée. Deux ou trois, pourtant, avaient réussi à gagner les marches de pierre et continuaient à s'avancer, prudemment. La lueur d'une lanterne éclaira la figure des deux premiers. L'une portait un masque, au-dessous duquel la bouche se tordait avec une telle frénésie nerveuse que la barbe, agitée par le mouvement de la mâchoire inférieure, se retournait en tous sens, comme quelque chose de vivant et d'inquiet. L'autre avait le visage rouge et la moustache grise - la moustache du colonel Ducroix. Les deux hommes se consultaient gravement.

- Oui, lui aussi a déserté, dit le professeur en s'asseyant sur une pierre. Tout est perdu. Je suis perdu. Je n'ai aucune confiance en ma propre personne. Il se pourrait très bien que ma propre main se levât contre moi pour me frapper.

- Quand ma main se lèvera, déclara Syme, c'est un autre que moi qu'elle frappera.

Et il se dirigea le long de la jetée vers le colonel, une épée dans une main, la lanterne dans l'autre.

Comme pour dissiper les dernières espérances ou les derniers doutes, le colonel, dès qu'il l'aperçut, le mit en joue et fit feu de son revolver. La balle manqua Syme, mais frappa son épée qu'elle brisa près de la garde. Syme s'élança en brandissant la lanterne au-dessus de sa tête.

- Judas avant Hérode ! cria-t-il.

Et il abattit le colonel sur les pierres de la jetée.

Puis il se tourna vers le secrétaire, dont la bouche écumait. Il élevait la lanterne dans un geste si étrangement solennel que l'autre, un instant stupéfié, resta immobile et fut forcé de l'écouter.

- Voyez-vous cette lanterne ? cria Syme d'une voix terrible. Voyez-vous la croix qu'elle porte gravée ? Voyez-vous la lampe qu'elle protège ? Vous n'avez pas forgé cette lanterne ! Vous n'avez pas allumé cette lampe ! Ce sont des hommes meilleurs que vous, ce sont des hommes qui savaient croire et obéir qui ont travaillé les entrailles de ce fer, qui ont préservé la légende du feu. Tout, la rue où vous passez, l'habit que vous portez, tout a été fait comme l'a été cette lanterne, par une négation de votre philosophie de rat et de poussière. Vous ne pouvez rien édifier. Vous ne savez que détruire. Détruisez donc l'humanité, détruisez le monde. Que cela vous suffise ! Vous ne détruirez pas cette vieille lanterne chrétienne ! Elle ira là où votre empire de singes n'aura jamais la malice de la trouver !

Il frappa de la lanterne le secrétaire, qui chancela sous le coup, puis, la faisant tournoyer par deux fois au-dessus de sa tête, il la précipita au loin dans la mer, où elle jeta une dernière lueur comme une fusée et s'engloutit.

- Des épées ! clama Syme en tournant sa face enflammée vers ses trois compagnons: chargeons ces chiens ! L'heure de mourir a sonné !

Les trois compagnons venaient, l'épée au poing. Syme était désarmé; mais, terrassant un pêcheur, il lui arracha des mains un gourdin, et les quatre détectives allaient s'élancer sur la foule et périr - quand il se fit dans l'action un brusque arrêt.

Depuis que Syme avait parlé, le secrétaire était resté là, comme ébloui, la tête dans ses mains. Tout à coup, il arracha son masque.

Ainsi exposée à la lueur des réverbères, cette pâle figure révélait moins de rage que d'étonnement.

- Il y a erreur, dit-il. Monsieur Syme, je doute fort que vous vous rendiez compte de votre situation. Au nom de la loi, je vous arrête.

- Au nom de la loi ? répéta Syme, en laissant échapper son gourdin.

- Certainement, répondit le secrétaire; je suis un détective de Scotland Yard. Et il tira de sa poche une carte bleue.

- Et que croyez-vous donc que nous soyons, nous ? demanda le professeur en levant les bras au ciel.

- Vous, dit le secrétaire d'un ton glacial, vous êtes, je le sais pertinemment, membres du Conseil suprême des anarchistes. Déguisé comme l'un de vous, j'ai...

Le docteur Bull lança son épée dans la mer.

- Il n'y a jamais eu de Conseil suprême des anarchistes, dit-il. Nous sommes tous de stupides policemen qui perdions notre temps à nous espionner les uns les autres. Et tous ces braves gens, qui nous tiraient dessus, nous prenaient pour des dynamiteurs ! Je savais bien que je ne me trompais pas, au sujet de la foule, ajouta-t-il en jetant sur l'énorme multitude qui s'agitait au loin un regard rayonnant: les gens du vulgaire ne sont jamais fous. J'en sais quelque chose, car moi-même j'en suis, du vulgaire ! Maintenant, allons à terre. Je paye à boire à tout le monde !

XIII. À LA POURSUITE DU PRÉSIDENT

☐

XIII. À la poursuite du président

XIII

À la poursuite du président

Le lendemain matin, cinq personnes, encore un peu étonnées, mais joyeuses, prenaient le bateau de Douvres.

Le pauvre vieux colonel aurait eu quelque raison de se plaindre, ayant dû se battre successivement pour deux partis qui n'existaient pas, puis ayant été assommé d'un rude coup de lanterne de fer. Mais c'était un vieillard magnanime. Content de savoir que ni les uns ni les autres ne jouaient de la dynamite, il accompagna les voyageurs jusqu'au quai et manifesta une fort bonne humeur.

Les cinq détectives réconciliés avaient une foule de détails à se communiquer.

Le secrétaire dut expliquer pourquoi ils s'étaient affublés de masques afin de pouvoir atteindre l'ennemi sous les dehors de conspirateurs. Syme dut expliquer pourquoi lui et ses amis avaient pris la fuite avec une telle célérité à travers un pays civilisé.

Mais tous ces menus faits, tous ces petits mystères, dont maintenant ils avaient le mot, étaient dominés par la masse énorme de la seule énigme qui restât insoluble. Que signifiait tout cela, en effet ? S'ils étaient tous d'inoffensifs policiers, qu'était-ce que Dimanche ? S'il ne s'était pas emparé du monde, qu'avait-il donc fait ?

À ce sujet, l'inspecteur Ratcliff persistait dans de sombres doutes.

- Comme vous, dit-il, je ne comprends rien au petit jeu de Dimanche. Mais, quoi qu'il en soit, ce gaillard-là n'est pas un citoyen sans reproche. Eh ! bon Dieu, rappelez-vous donc sa figure !

- J'avoue, opina Syme, qu'elle est inoubliable.

- Nous serons renseignés bientôt, dit le secrétaire, puisque demain doit avoir lieu notre grande réunion. Excusez-moi, ajouta-t-il en grimaçant son sourire effrayant, de rester fidèle à mes devoirs de secrétaire.

Le professeur réfléchissait.

- Peut-être avez-vous raison, dit-il, peut-être nous dira-t-il tout. Mais je n'aurais pas le courage de l'interroger, de lui demander qui il est.

- Est-ce de la bombe que vous avez peur ? demanda le secrétaire.

- Non. J'ai simplement peur... qu'il ne me réponde.

- Allons boire quelque chose, proposa le docteur Bull après un silence.

Pendant tout le voyage, dans le train comme sur le bateau, ils furent très bavards et burent considérablement. Un instinct les tenait réunis. Le docteur Bull, qui avait constamment été l'optimiste de la bande, émit l'idée de monter tous dans le même cab, à Victoria, idée qui ne rallia pas la majorité. On prit une voiture à quatre roues. Bull était assis à côté du cocher et chantait.

Cette journée du retour s'acheva dans un hôtel de Piccadilly Circus: ainsi, les cinq membres du Conseil seraient prêts, le lendemain matin, pour le déjeuner de Leicester Square.

Mais, même arrivés à l'hôtel, ils n'étaient pas encore au terme de leurs aventures.

Bull, mécontent du parti que ses amis avaient pris d'aller se coucher sans plus attendre, était sorti de l'hôtel, vers onze heures, pour voir et goûter quelques-unes des beautés de Londres. Vingt minutes après, il rentrait et faisait un vacarme de tous les diables dans le vestibule. Syme essaya de le calmer, mais ne put s'empêcher d'écouter avec beaucoup d'attention ce qu'il prétendait avoir à dire:

- Je vous affirme que je l'ai vu ! répétait Bull avec une lourde énergie.

- Qui ? demanda Syme, le président ?

- C'est moins grave que cela, répondit Bull avec un rire dont il aurait pu se dispenser, c'est moins grave que cela: je l'ai vu et je l'ai amené ici.

- Mais qui donc ? demanda Syme, impatient.

- L'homme chevelu, répondit l'autre, lucide, ou, du moins, l'homme qui était chevelu, Gogol ! Le voici.

Et Bull tirait par le bras un jeune homme qui faisait de vains efforts pour se dérober à l'étreinte du solide petit docteur.

C'était bien le même blondin au visage pâle qui, cinq jours auparavant, avait été expulsé du Conseil, le premier démasqué de tous ces prétendus anarchistes.

- Que me voulez-vous ? criait-il. Ne m'avez-vous pas chassé ? Ne suis-je pas un espion ?

- Nous sommes tous des espions, lui dit à demi-voix Syme.

- Nous sommes tous des espions ! hurla Bull. Allons boire !

Le lendemain, les six détectives se dirigèrent du même pas vers l'hôtel de Leicester Square.

- Ça va bien ! dit Bull. Nous sommes six, et nous allons demander à un seul homme ce qu'il veut.

- Notre situation n'est pas aussi simple que cela, corrigea Syme: nous sommes six qui allons demander à un seul homme ce que nous voulons nous-mêmes.

Ils entrèrent en silence dans le square, et, bien que l'hôtel se trouvât à l'extrémité opposée, ils virent tout de suite sur le petit balcon un homme d'une stature disproportionnée. Il était assis, la tête penchée sur un journal.

Ces six hommes, venus dans l'intention d'en écraser un seul sous le poids de leur majorité, traversèrent le square sans mot dire, comme s'ils eussent senti que, du haut du ciel, cent yeux les épiaient.

Ils avaient beaucoup discuté sur la conduite à tenir. Fallait-il laisser Gogol dehors et commencer diplomatiquement ? Valait-il mieux l'introduire et mettre le feu aux poudres aussitôt ? Syme et Bull tenaient pour ce dernier parti et l'emportèrent, malgré cette observation du secrétaire:

- Pourquoi attaquer Dimanche si témérairement ?

- C'est bien simple, avait répondu Syme, je l'attaque témérairement parce que j'ai peur de lui.

Ils suivirent Syme en silence par l'escalier obscur, et tous simultanément émergèrent au grand soleil du matin et au grand soleil du sourire de Dimanche.

- Charmé, dit le président, charmé de vous voir tous réunis ! Quelle belle journée ! Le Tsar est-il mort ?

Le secrétaire, qui se trouvait être le plus voisin de Dimanche, répondit avec une extrême dignité et encore plus de sévérité:

- Non, Monsieur. Il n'y a pas eu de sang. Je n'ai pas à vous décrire le spectacle révoltant de...

- Spectacle révoltant ? répéta le président sur un ton interrogatif. Peut-être voulez-vous parler du spectacle que nous offre le docteur Bull, avec ses lunettes ?

Le secrétaire resta muet, interloqué.

Le président poursuivit, et son intonation invitait à l'indulgence:

- Je sais bien que chacun a sa manière de voir, et aussi ses yeux. Mais traiter de révoltant le spectacle que nous offre l'aspect d'un homme, et cela en présence de cet homme même !...

Le docteur Bull enleva ses lunettes et les brisa sur la table.

- Mes lunettes sont des coquines ! s'écria-t-il, mais je ne suis pas un coquin !

Regardez-moi, plutôt !

- Eh bien, vous avez la figure que la nature vous a donnée, dit le président. Oui, comment reprocherais-je à la nature les fruits qu'elle fait mûrir sur l'arbre de la vie ? Peut-être aurai-je moi-même, un jour, votre figure...

- Le moment n'est pas à la plaisanterie ! interrompit le secrétaire, furieux. Nous sommes ici pour savoir ce que tout cela signifie. Qui êtes-vous ? Et que faites-vous ? Pourquoi nous avez-vous réunis ? Savez-vous qui nous sommes ? Êtes-vous un imbécile qui joue au conspirateur, ou un homme d'esprit qui s'amuse ? Je vous conseille de me répondre !

- Les candidats, dans les examens, susurra le président, n'ont l'obligation de répondre qu'à huit questions sur dix-sept. À ce qu'il me semble, vous prétendez que je vous dise qui je suis, qui vous êtes, ce que c'est que cette table et ce que c'est que le Conseil suprême, et peut-être aussi quelle est la fin de l'univers. Eh bien ! j'irai jusqu'à violer un de ces mystères, un seul. Puisque vous désirez savoir qui vous êtes, je vais vous le dire: apprenez que vous êtes une bande de jeunes singes animés des meilleures intentions.

- Et vous ? interrogea Syme en se penchant vers lui, et vous, qui êtes-vous ?

- Moi ! Qui je suis ? hurla Dimanche, et il s'élevait progressivement à une hauteur vertigineuse, comme une vague qui va, en se brisant, tout engloutir autour d'elle.

- Vous voulez savoir qui je suis ? continua-t-il. Bull, vous êtes un homme de science: étudiez ces arbres dans leurs racines et cherchez-en l'origine cachée. Syme, vous êtes poète: regardez ces nuages du matin, et tâchez donc de me dire la vérité sur les nuages du matin. Mais, je vous en préviens tous: vous aurez trouvé la vérité de l'arbre et la vérité du nuage que vous serez loin encore de ma vérité. Vous aurez compris la mer, que je resterai une énigme; vous saurez ce que sont les étoiles, et vous ne saurez pas qui je suis. Depuis le commencement du monde, tous les hommes m'ont pourchassé, comme un loup, tous, les rois et les sages, les poètes et les législateurs, toutes les églises et toutes les philosophies. Jamais, jusqu'à cette heure, on ne m'a pris. Les cieux s'effondreront quand je serai aux abois. Je les ai tous fait joliment courir ! Ah ! ils en ont pour leur argent !... Et je vais continuer.

Avant qu'aucun d'eux eût fait un geste, le monstrueux personnage, comme un orang-outang gigantesque, avait enjambé la balustrade du balcon. Mais, avant de se laisser choir dans le vide, il se redressa à la force des poignets, et, dressant son menton au niveau de la balustrade, il dit, avec solennité:

- Il est une chose, pourtant, que je veux vous apprendre: c'est moi qui étais dans la chambre obscure, c'est moi qui vous ai fait entrer dans la police.

Là-dessus, il se laissa tomber et rebondit sur le pavé comme un ballon en caoutchouc. D'un pas élastique, il gagna le coin de l'Alhambra, héla un cab et y prit place.

Les six détectives restaient là, livides, comme frappés de la foudre à la suite de cette révélation. Mais, le premier, Syme reprit ses sens et son esprit pratique. Au risque de se briser bras et jambes, il bondit du haut du balcon et, à son tour, appela un cab.

Bull le rejoignit juste à temps pour sauter avec lui dans la voiture. Wilks et Ratcliff en prirent une autre; le secrétaire et Gogol, une troisième. Et la troisième suivit la seconde, qui suivit la première, qui poursuivait, vite comme le vent, celle, non moins rapide, de Dimanche.

Ce fut une course folle vers le nord-ouest de Londres. Le cocher de Dimanche, évidemment sous l'influence d'un impérial pourboire, poussait ses chevaux à une allure de casse-cou.

Mais Syme, qui n'était pas en ce moment d'humeur à raffiner, se leva dans son cab et se mit à crier:

- Au voleur !

Si bien que des groupes commencèrent à se former, puis à suivre les voitures à toutes jambes, tandis que les policemen s'informaient.

Cela ne fut pas sans produire sur le cocher du président un certain effet. Hésitant, il retint ses chevaux, puis, ouvrant le guichet, tenta de parlementer avec son client. Mais celui-ci s'empara du fouet, que le cocher, en se penchant en arrière, laissait pendre sur le devant du cab, et l'on vit Dimanche se dresser et fouetter les chevaux en poussant des cris qui les effrayèrent, si bien que le cab se mit à filer à une vitesse folle, de rue en rue. Et sans répit Dimanche excitait les chevaux que le cocher s'efforçait de retenir.

Les trois autres cabs suivaient, si l'on peut dire, comme des chiens courants. Au moment le plus vertigineux de cette vertigineuse course, Dimanche se retourna. Debout sur le marchepied, la tête hors du cab, ses cheveux blancs éparpillés au vent, il fit à ses anciens conseillers une épouvantable grimace, la grimace de quelque gamin colossal. Puis, levant la main, il jeta à la figure de Syme une boulette de papier et disparut. Syme, ayant eu un mouvement instinctif pour éviter de recevoir la boulette dans la figure, la reçut dans ses mains.

Elle se composait de deux petites feuilles froissées et roulées entre les doigts; sur l'une Syme lut son propre nom, et sur l'autre le nom du docteur Bull, suivi de titres ironiquement honorifiques. L'adresse du docteur, en tout cas, était beaucoup plus longue que la missive elle-même, qui se bornait à ceci: " Qu'advient-il de Martin Tupper, maintenant ? "

- Que veut dire ce vieil original ? demanda Bull et que vous dit-il, à vous, Syme ?

La lettre adressée à Syme était plus longue: " Personne plus que moi ne regretterait l'intervention de l'archidiacre. J'espère que les choses n'en arriveront pas là. Mais, pour la dernière fois, où sont vos galoches ? C'est impardonnable, à la fin, surtout après ce que l'oncle a dit ! "

Le cocher du président semblait recouvrer quelque empire sur ses chevaux; leur allure se modérait, et, dans Edgware Road, les détectives gagnaient de l'avance, quand se produisit une circonstance qui, d'abord, leur parut providentielle. La circulation fut interrompue à cause d'une pompe à incendie qu'on entendait mugir et qui bientôt fut là, dans un bruit de tonnerre. Mais, d'un bond, Dimanche s'enleva du cab et sauta sur la pompe, qui l'emporta: dans le lointain tumultueux, on le vit qui discutait avec les pompiers étonnés, en prodiguant les gestes explicatifs.

- Suivons toujours ! s'écria Syme: pas moyen qu'il nous échappe, à présent ! On ne peut perdre de vue une pompe à incendie.

Les trois cochers, un moment abasourdis, fouettèrent leurs chevaux, et peu à peu la distance diminua qui séparait les chasseurs de leur proie.

Le président, pour manifester combien il était sensible à tant d'empressement, parut à l'arrière de la pompe à incendie, salua les détectives à plusieurs reprises et leur envoya des baise-mains. Finalement, il jeta dans le sein de l'inspecteur Ratcliff un petit papier soigneusement plié. Ratcliff l'ouvrit, non sans impatience, et y lut ceci: " Fuyez à l'instant. On sait toute la vérité sur vos bretelles à ressort. Un ami. "

La pompe à incendie s'était dirigée vers le nord et s'engageait dans un quartier que les détectives ne reconnaissaient pas. Ils furent surpris à la fois et un peu tranquillisés en voyant le président sauter à terre au moment où la pompe passait le long d'un haut grillage ombragé par les arbres. On ne pouvait savoir si Dimanche obéissait à une fantaisie nouvelle ou aux objurgations de plus en plus énergiques de ses hôtes involontaires. Mais, avant que les trois cabs eussent atteint l'endroit où il était descendu, il avait escaladé la grille comme un énorme chat et disparu dans l'ombre du feuillage.

Syme arrêta son cab, d'un geste furieux sauta à terre et à son tour escalada la grille. Déjà il allait la franchir et ses amis allaient le suivre, quand il tourna vers eux une figure étrangement pâle dans la demi-obscurité.

- Où pouvons-nous bien être ? demanda-t-il. Serait-ce ici la maison du vieux diable ? On m'a dit qu'il en possédait une quelque part dans le nord de Londres.

- Tant mieux ! gronda le secrétaire en commençant l'ascension de la grille, tant mieux, nous le trouverons chez lui.

- Non, ce n'est pas cela, dit Syme en fronçant les sourcils. J'entends des bruits épouvantables, comme des diables qui riraient, qui éternueraient ou qui moucheraient leurs diaboliques nez.

- Ses chiens qui aboient, tout simplement-dit le secrétaire.

- Pourquoi pas ses scarabées qui aboient ! fit Syme avec colère, ou ses limaces, ou ses géraniums qui aboient ! Avez-vous jamais entendu des chiens aboyer de la sorte ?

Il éleva la main pour commander le silence. Du fourré retentissait un hurlement lent, nasal, qui semblait se glisser sous la peau, qui donnait la chair de poule, un long hurlement qui faisait vibrer l'air indéfiniment.

- Les chiens de Dimanche ne sont pas des chiens ordinaires, dit Gogol en frémissant.

Syme avait sauté de l'autre côté de la grille.

- Écoutez ! fit-il après avoir lui-même prêté l'oreille, sont-ce là des chiens ?

Un cri étouffé à demi, douloureux comme d'une bête qui proteste contre une douleur soudaine, puis, un long mugissement de trompe.

- Il est tout naturel que sa maison soit infernale, dit le secrétaire; mais, quand ce serait l'enfer lui-même, j'y vais !

Et il franchit la grille presque d'un élan.

Les autres le suivirent. Ils traversèrent le fourré touffu et parvinrent dans une allée. On ne voyait rien.

- Sots ! triples sots ! fit soudain le docteur Bull en battant des mains: mais, c'est le jardin zoologique.

Comme ils regardaient de tous côtés, cherchant leur proie fugitive, un gardien en uniforme, accompagné d'un civil, survint au pas de course.

- A-t-il passé par ici ? demanda le gardien, essoufflé.

- Qui ? qui ? interrogea Syme.

- L'éléphant ! lui répondit le gardien. Un de nos éléphants a pris le mors aux dents et s'est évadé !

- Il a emporté un vieux monsieur, ajouta l'autre, hors d'haleine, un pauvre vieux monsieur aux cheveux blancs.

- Quelle espèce de vieux monsieur ? demanda Syme, très intrigué.

- Un très gros et gras vieux monsieur, habillé de gris, répondit le gardien.

- Eh bien ! si tel est votre vieux monsieur, si vous êtes certains qu'il est très gros, qu'il est très gras et qu'il porte des vêtements gris, croyez-moi, ce n'est pas l'éléphant qui l'a emporté ! C'est lui qui a emporté l'éléphant ! Il n'y a pas d'éléphant capable d'enlever ce vieux monsieur-là, s'il ne consent pas à l'enlèvement !... Et, par le tonnerre ! le voici !

Pas de doute possible, en effet. À deux cents pas de là, à travers la pelouse, toute une foule bruyante et gesticulante à ses talons, un énorme éléphant gris passait à grandes enjambées, le corps aussi rigide que la carène d'un vaisseau, et barrissant comme la trompette du Jugement. Sur le dos de l'animal, le président Dimanche siégeait, plus calme que le sultan sur son trône. Au moyen de quelque objet tranchant, il aiguillonnait sa monture, et la poussait méthodiquement à une furieuse allure.

- Arrêtez-le ! criait la foule. Il va sortir du jardin !

- Arrêtez le déserteur ! vociféra le gardien. Il est sorti du jardin !

Trop tard ! Un écroulement définitif et de furieuses clameurs annoncèrent que le grand éléphant gris venait de se faire un passage à travers les grilles du jardin zoologique: il filait maintenant par Albany Street, tel un omnibus d'une vitesse et d'un genre inédits.

- Grand Dieu ! fit Bull, je n'aurais jamais cru qu'un éléphant pût courir si vite ! Il va falloir prendre encore des cabs si nous ne voulons pas perdre notre homme de vue.

Tout en se précipitant vers la grille que l'éléphant venait de franchir, Syme eut une vision éblouie des singuliers animaux prisonniers dans les cages. Plus tard, il s'étonna d'avoir pu les distinguer si nettement. Il se rappela surtout les pélicans, avec leur cou bizarre et pendant. Il se demanda pourquoi le pélican est le symbole de la charité: peut-être à cause de la charité qu'il faut pour admirer un pélican. Il se rappela aussi un énorme bec jaune, avec un petit corps attaché à l'une des extrémités de ce bec. Il garda de cet oiseau un souvenir dont il ne pouvait s'expliquer la vivacité, et il songea que la nature ne se lasse jamais de faire de mystérieuses plaisanteries. Dimanche avait dit à ses conseillers qu'ils le comprendraient quand ils auraient compris les étoiles. Mais les archanges eux-mêmes comprennent-ils ce volatile au bec insolemment excessif ?

Les six malheureux détectives se jetèrent dans des cabs et se lancèrent à la poursuite de l'éléphant. Ils subissaient pour leur compte la terreur que l'éléphant répandait tout le long des rues où il passait.

Cette fois, Dimanche ne se retourna pas. Il se contenta d'opposer à ses persécuteurs le solide rempart de son dos indifférent, et cette indifférence les affecta, les affola plus encore que n'avaient fait ses énigmatiques plaisanteries.

Mais, juste avant d'atteindre Baker Street, il jeta quelque chose en l'air, avec le geste d'un enfant qui lance un ballon pour le rattraper. Mais à l'allure de leur course, ce " quelque chose " tomba loin derrière, tout près de Gogol, qui, dans le vague espoir d'une indication quelconque, fit arrêter son cab et ramassa l'objet. C'était un paquet volumineux, adressé à Gogol en personne. Gogol le trouva composé de trente-trois feuilles de papier, serrées les unes sur les autres; la dernière qui se réduisait à une étroite bande portait cette inscription: " Le mot, selon moi, doit être rose. "

Celui qu'on avait nommé Gogol ne dit rien, mais les trépignements de ses mains et de ses pieds suggéraient l'image d'un cavalier qui presse sa monture.

Rue après rue, quartier après quartier, furent ainsi traversés par ce prodigieux éléphant de course. Des têtes curieuses apparaissaient à toutes les fenêtres. La circulation se trouvait rejetée sur les trottoirs.

Comme les trois cabs se maintenaient avec exactitude dans le sillage de l'éléphant, les badauds finirent par croire à quelque cortège: une réclame, peut-être, pour un cirque. Et ce cortège dévorait l'espace avec une vitesse qui passe toute imagination. Syme aperçut l'Albert Hall de Kensington, alors qu'il se croyait encore à Paddington. L'allure de l'éléphant s'accéléra dans les rues vides de l'aristocratique quartier de South Kensington. Il se dirigea enfin vers le point de l'horizon où apparaissait l'énorme roue d'Earl's Court. La roue grandit, grandit jusqu'à remplir tout le ciel, comme la roue des étoiles.

L'éléphant avait laissé les cabs assez loin derrière lui. Les détectives l'avaient perdu de vue, au tournant des coins de rue, et, quand ils parvinrent à l'une des portes de l'Exposition d'Earl's Court, ils se trouvèrent bloqués. Devant eux s'agitait une foule énorme autour d'un énorme éléphant; l'animal tressaillait comme une bête forcée. Quant au président, il avait disparu.

- Où donc est-il ? demanda Syme en mettant pied à terre.

- Le gentleman est entré en courant à l'Exposition, lui dit un gardien effaré. Et il ajouta, du ton d'un homme offensé:

- Singulier gentleman, monsieur ! Il m'a prié de tenir son " cheval "et voilà ce qu'il m'a donné.

D'un air dégoûté, il montrait une feuille de papier, pliée, avec cette adresse: " Au secrétaire du Conseil suprême des anarchistes. "

Le secrétaire, furieux, ouvrit ce papier et y lut ceci:

Quand le hareng court un mille,
Le secrétaire peut sourire;
Quand le hareng s'envole,
Le secrétaire doit mourir.

(Proverbe rustique.)

- Pourquoi diable ! s'écria le secrétaire, avez-vous laissé entrer cet homme ? Vient-on d'ordinaire à votre Exposition à dos d'éléphant enragé ?

- Regardez ! fit soudain Syme, regardez là-haut !

- Regarder quoi ? demanda le secrétaire, hargneux.

- Le ballon captif ! dit Syme, qui montrait le ciel avec un geste frénétique.

- Et pourquoi regarderais-je le ballon captif ? Qu'a-t-il de particulier, ce ballon captif ?

- Rien, répondit Syme, excepté qu'il n'est pas captif.

Ils considéraient tous le ballon gonflé, qui se balançait au-dessus de l'Exposition comme un ballon d'enfant, attaché à sa ficelle: une seconde, puis le fil fut coupé juste au-dessous de la nacelle, et le ballon libéré s'envola, léger comme une bulle de savon.

- Par les dix mille diables ! hurla le secrétaire, il y est monté !

Et il montrait le poing au ciel.

Emporté par le vent, le ballon passa au-dessus d'eux, et ils purent voir la grande tête blanche du président qui les saluait avec bienveillance.

- Ma parole ! dit le professeur, sur ce ton pleurard de petit vieux auquel sa figure parcheminée et sa barbe blanche l'avaient condamné à perpétuité, ma parole ! il me semble que quelque chose est tombé sur mon chapeau !

Il porta une main tremblante à ce chapeau et y trouva un bout de papier roulé, et, dans ce papier, un noeud d'amour avec ces mots: " Votre beauté ne m'a pas laissée indifférente; de la part de Petit Flocon de Neige. "

Syme mordilla sa barbiche pendant un long moment, puis:

- Je ne me tiens pas pour battu, déclara-t-il. Il faudra bien qu'il tombe quelque part ! Suivons.

XIV. LES SIX PHILOSOPHES

XIV. Les six philosophes

XIV

Les six philosophes

À travers les prés verts et au grand dommage des haies en fleur, six misérables détectives se frayaient un chemin, dans la campagne, à cinq lieues de Londres. L'optimiste de la bande avait d'abord proposé de pourchasser en cab le ballon qui prenait la direction du sud. Mais il avait été amené à changer d'avis, devant le refus obstiné du ballon à suivre les routes et devant le refus, plus obstiné encore, des cochers à suivre le ballon. En conséquence, nos pèlerins, intrépides, mais exaspérés, durent franchir d'interminables champs labourés, des fourrés affreusement touffus, si bien qu'au bout de quelques heures, ils étaient déguenillés au point qu'on aurait pu les traiter de vagabonds sans leur faire un compliment injustifiable. Les verts coteaux du Surrey virent la tragique et finale catastrophe de cet admirable complet gris clair qui, depuis Saffron Park, avait fidèlement accompagné Syme. Son chapeau de soie fut défoncé par une branche flexible qui se rabattit sur lui; les pans de son habit furent déchirés jusqu'aux épaules par les épines des buissons, et la boue argileuse du sol anglais l'éclaboussa jusqu'au col. Il n'en continuait pas moins à porter fièrement sa barbiche blonde, et une implacable volonté brillait dans son regard fixé sur cette errante bulle de gaz qui, parfois, dans les feux du couchant, se colorait comme les nuages.

- Après tout, dit-il, c'est beau !

- C'est d'une beauté étrange et singulière, accorda le professeur, mais je voudrais bien que cette outre volatile éclatât.

- Je ne le voudrais pas, dit Bull: le vieux pourrait en souffrir.

- En souffrir ! s'écria le vindicatif professeur. Il souffrirait bien davantage si je pouvais lui mettre la main dessus ! " Petit Flocon de Neige !... "

- Je ne sais comment il se fait, dit le docteur Bull, mais je n'éprouve pas le besoin de le faire souffrir.

- Comment ! s'écria le secrétaire amèrement, croyez-vous au conte qu'il nous a fait ? Croyez-vous qu'il était vraiment l'homme de la chambre obscure ? Dimanche est capable de tous les mensonges !

- Je ne sais si je le crois ou non, dit Bull, mais ce n'est pas ce que je veux dire. Je ne puis désirer que le ballon crève parce que...

- Eh bien ? fit Syme, impatient, parce que ?...

- Eh bien ! parce que Dimanche lui-même est un ballon ! répondit Bull, désespéré de ne pouvoir exprimer clairement sa pensée. Qu'il soit l'homme aux cartes bleues, cela confond ma raison. Et il semble bien que cela confonde toute l'histoire. Mais - peu m'importe qu'on le sache - j'ai toujours eu de la sympathie pour lui, malgré sa méchanceté. Comment expliquer cela ? Il me semble qu'il est un enfant, un grand enfant ! Remarquez que cette sympathie ne m'a pas empêché de le combattre comme l'enfer. Serai-je plus clair en disant que je l'aime d'être si gros ?

- Vous ne serez pas plus clair du tout, déclara le secrétaire.

- Ah ! voici: je l'aime d'être à la fois si gros et si léger, tout comme ce ballon. Il est naturel qu'un gros homme soit lourd. Celui-là danserait plus légèrement qu'un sylphe. Oui, je vois maintenant ce qu'il faut dire: une force moyenne se manifeste par la violence; une force suprême se manifeste par la légèreté. Vous rappelez-vous ces questions qu'on aimait à discuter, jadis, comme: " Qu'arriverait-il si un éléphant sautait en l'air comme une sauterelle ? "

- Notre éléphant, dit Syme en levant les yeux, a précisément sauté en l'air comme une sauterelle.

- Et voilà pourquoi, conclut Bull, je ne puis m'empêcher d'aimer ce vieux Dimanche. Ce n'est pas que j'aie une admiration pour la force ou quelque autre sottise de ce genre. Il y a, dans tout cela, je ne sais quelle gaîté supérieure. C'est comme s'il devait nous apporter d'heureuses nouvelles... N'avez-vous pas eu un sentiment de ce genre, par une matinée de printemps ? La nature se plaît à nous jouer des tours; mais, un matin de printemps, on sent que ses tours sont de bons tours... Je n'ai jamais lu la Bible, quant à moi, mais ce passage dont on s'est tant moqué: " Pourquoi sautez-vous, collines élevées ? "recèle une vérité littérale. Les collines, en effet, sautent. Tout au moins, elles font de visibles efforts pour sauter... Pourquoi j'aime Dimanche ?... Comment vous dire ? Eh bien, parce que c'est un grand sauteur !

Le secrétaire prit à son tour la parole. Sa voix était singulière, singulièrement douloureuse:

- Bull, vous ne connaissez pas du tout Dimanche. Peut-être ne pouvez-vous le connaître, parce que vous êtes meilleur que moi, parce que vous ne connaissez pas l'Enfer. J'ai toujours été d'une humeur sombre et décidée, quelque peu morbide. L'homme de la chambre obscure m'a choisi, moi, parce que j'ai naturellement l'air d'un conspirateur, avec mes yeux tragiques, même quand je souris, et mon rictus. Il doit y avoir en moi, quelque chose de l'anarchiste… Quand je vis Dimanche pour la première fois, ce n'est pas cette sorte de vitalité aérienne dont vous parliez que je remarquai en lui, mais bien plutôt cette grossièreté et cette tristesse qu'il y a dans la nature des choses. Il fumait dans le demi-jour, les persiennes closes, et ce demi-jour était autrement pénible que l'obscurité généreuse où vit notre maître. Dimanche était assis sur un banc: une informe, incolore et vaste masse humaine. Il m'écouta sans m'interrompre, sans bouger. Cependant, j'étais éloquent, d'une éloquence tragiquement passionnée. Après un long silence, la Chose se mit à remuer, et j'eus l'impression que ses mouvements étaient déterminés par quelque secrète maladie. Cela oscillait comme une gelée vivante, répugnante. Cela me rappelait ce que j'avais lu sur ces matières ignobles qui sont à l'origine de la vie, les protoplasmes, au fond de la mer. On eût dit un corps au moment de la dissolution suprême, alors qu'il est le plus informe et le plus ignoble, et je trouvais quelque consolation à penser que le monstre était malheureux. Mais je finis par découvrir que cette montagne bestiale était secouée par un rire énorme comme elle, et que ce rire, c'est moi qui le causais. Et vous croyez que je pourrai jamais lui pardonner cela ? Ce n'est pas peu de chose que d'être raillé par plus bas et plus fort que soi !

- Sûrement, vous exagérez tous deux, dit de sa voix claire et coupante l'inspecteur Ratcliff. Le président est très difficile à comprendre, intellectuellement; mais, matériellement, ce n'est pas le clou de Barnum que vous imaginez. Moi, il m'a reçu dans un cabinet tout à fait ordinaire, très éclairé. Il portait un vêtement gris, à carreaux, et le ton de sa voix était parfaitement normal. Voici, pourtant, ce qui m'étonna: la chambre et l'aspect de l'individu étaient donc propres, convenables; tout paraissait en ordre sur lui et autour de lui; mais il était distrait: par instants, ses grands yeux brillants étaient ceux d'un aveugle. Il peut, en effet, oublier, pendant des heures, que vous êtes là. Eh bien, la distraction, dans un méchant, nous épouvante. Un méchant doit, selon nous, être sans cesse vigilant. Nous ne pouvons nous représenter un méchant qui s'abandonnerait sincèrement, honnêtement, à ses rêves, parce que nous ne pouvons nous représenter un méchant seul avec lui-même. Un homme distrait est un brave homme. S'il s'aperçoit de votre présence, après l'avoir oubliée, il vous fera des excuses.

Comment supporter l'idée d'un distrait qui vous tuerait s'il s'apercevait tout à coup que vous êtes là ? Voilà ce qui nous porte aux nerfs, la distraction unie à la cruauté. Ceux qui ont traversé les grandes forêts ont connu un sentiment de cet ordre, en songeant que les fauves sont à la fois innocents et impitoyables. Ils peuvent vous ignorer ou vous dévorer. Vous plairait-il de passer dix mortelles heures dans un salon, en compagnie d'un tigre distrait ?

- Et vous, Gogol, que pensez-vous de Dimanche ? demanda Syme.

- Je ne pense pas à Dimanche du tout, répondit Gogol: par principe. Je ne pense pas plus à Dimanche que je ne cherche à regarder le soleil à midi.

- C'est un point de vue, dit Syme pensif. Et vous, professeur ? Que dites-vous ?

Le professeur marchait, tête basse, en laissant traîner sa canne derrière lui. Il ne répondit pas.

- Réveillez-vous, professeur ! reprit Syme, gaîment. Dites-nous ce que vous pensez de Dimanche.

Enfin, le professeur se décida:

- Ce que je pense, dit-il avec lenteur, ne saurait s'exprimer clairement. Ou plutôt, ce que je pense, je ne puis même le penser clairement. Voici. Ma jeunesse, vous le savez, fut un peu trop débraillée et incohérente. Eh bien, quand j'ai vu la figure de Dimanche, j'ai d'abord constaté, comme vous tous, qu'elle est de proportions excessives; puis, je me suis dit qu'elle était hors de proportion, qu'elle n'avait pas de proportions du tout, qu'elle était incohérente, comme ma jeunesse. Elle est si grande qu'il est impossible de la voir à la distance nécessaire pour que le regard puisse se concentrer sur elle. L'oeil est si loin du nez que ce n'est plus un oeil. La bouche tient tant de place qu'il faut la considérer isolément... Tout cela, d'ailleurs, est bien trop difficile à expliquer...

Il se tut un instant, laissant toujours traîner sa canne, puis il reprit:

- Je vais essayer de me faire comprendre. Une nuit, dans la rue, j'ai vu une lampe, une fenêtre éclairée et un nuage, qui formaient un visage, si parfait qu'il n'y avait pas moyen de s'y tromper. S'il y a quelqu'un, au ciel, qui porte un tel visage, je le reconnaîtrai. Mais bientôt je m'aperçus que ce visage n'existait pas, que la fenêtre était à dix pas de moi, la lampe à mille et le nuage au-delà de la terre. C'est ainsi qu'existe et n'existe pas, pour moi, la figure de Dimanche: elle se désagrège, elle s'échappe par la droite et par la gauche, comme ces images que le hasard compose, et détruit, dessine et efface. Et c'est ainsi que cette figure me fait douter de toutes les figures. Je ne sais pas si la vôtre, Bull, en est vraiment une, ou si ce n'est pas la perspective qui lui prête une apparence de figure. Peut-être l'un des disques noirs de vos maudites lunettes est-il tout près de moi, et l'autre à cinquante lieues. Les doutes du matérialiste ne sont qu'une plaisanterie. Dimanche m'a enseigné les derniers et les pires de tous les doutes, les doutes du spiritualiste. Il a fait de moi un bouddhiste, à ce qu'il me semble. Et le bouddhisme n'est pas une foi, c'est un doute. Mon pauvre cher Bull, je ne crois décidément pas que vous ayez une figure: je n'ai pas assez de foi pour croire à la matière.

Les regards de Syme étaient toujours fixés sur l'orbe errant qui, rougissant à la lumière du soir, semblait un autre monde, un monde rose, plus innocent que le nôtre.

- Avez-vous remarqué, dit-il, ce qu'il y a de plus singulier dans vos descriptions ? Chacun de vous voit Dimanche à sa manière, qui est toute différente de celle du voisin. Pourtant, tous, vous le comparez à une seule et même chose: à l'univers lui-même. À propos de lui, Bull parle de la terre au printemps; Gogol, du soleil à midi; le secrétaire, du protoplasme informe; Ratcliff, de l'indifférence des forêts vierges; le professeur, des changeants paysages du ciel. Cela est étrange, et ce qui l'est plus encore, c'est que, moi aussi, je pense du président comme je pense du monde.

- Plus vite, Syme, dit Bull, ne regardez plus le ballon.

- J'ai d'abord vu Dimanche de dos seulement, poursuivit Syme lentement, et, en regardant ce dos, j'ai compris qu'il était celui du plus méchant des hommes. Il y avait, dans la nuque, dans les épaules, la formidable brutalité d'un Dieu qui serait un Singe. Et l'inclinaison de la tête était d'un boeuf plutôt que d'un homme. J'eus l'idée révoltante que j'avais devant moi, non plus un homme, mais une bête revêtue d'habits humains.

- Continuez, fit Bull.

- Et alors il y eut ceci qui me stupéfia. J'avais vu ce dos de la rue, tandis que Dimanche était assis sur le balcon. Quelques instants plus tard, étant entré, je le vis de l'autre côté, je le vis de face, en pleine lumière. Cette face m'épouvanta, comme elle épouvante chacun, mais non pas parce que je la trouvai brutale ou mauvaise. Elle m'épouvanta parce qu'elle était belle et parce qu'elle respirait la bonté.

- Syme ! s'écria le secrétaire, êtes-vous fou ?

- C'était comme la figure de quelque vieil archange rendant des jugements équitables, au lendemain d'héroïques combats. Il y avait un sourire dans les yeux, et, sur les lèvres, de l'honneur et de la tristesse. C'étaient les mêmes cheveux blancs, les mêmes larges épaules vêtues de gris, que j'avais vus de la rue. Mais, de derrière j'étais sûr de voir une brute; de face, je crus qu'il était un Dieu.

- Pan, murmura le professeur comme dans un rêve. Pan était un Dieu et une bête.

- Alors, et toujours depuis, continua Syme, comme s'il se fût parlé à lui-même, tel fut pour moi le mystère de Dimanche. Or, c'est aussi le mystère du monde. Quand je vois ce dos effrayant, je me persuade que la noble figure n'est qu'un masque. Mais que j'entraperçoive seulement, dans un éclair, cette figure, et je sais que ce dos est une plaisanterie. Le mal est si mauvais que nous ne pouvons voir dans le bien qu'un accident. Le bien est si bon qu'il nous impose cette certitude: le mal peut s'expliquer. Mais toutes ces rêveries culminèrent, pour ainsi dire, hier, quand je poursuivais Dimanche pour prendre un cab et que je me trouvais constamment derrière lui.

- Avez-vous eu alors le temps de penser ? demanda Ratcliff.

- J'ai eu le temps d'avoir cette pensée unique, et affreuse: je fus envahi par cette impression que le derrière du crâne de Dimanche était sa vraie figure - une figure effrayante qui me regardait sans yeux. Et je m'imaginai que cette homme courait à reculons et dansait en courant.

- Horrible ! fit Bull en frissonnant.

- Horrible est un mot faible, dit Syme: ce fut exactement le pire moment de ma vie. Et pourtant, quelques minutes plus tard, quand il sortit la tête de sa voiture et nous fit une grimace de gargouille, je sentis qu'il était comme un père qui joue à cache-cache avec ses enfants.

- Le jeu dure bien longtemps, observa le secrétaire en fronçant les sourcils et en regardant ses chaussures brisées par la marche.

- Écoutez-moi ! s'écria Syme avec une énergie extraordinaire: je vais vous dire le secret du monde ! C'est que nous n'en avons vu que le derrière. Nous voyons tout par-derrière, et tout nous paraît brutal. Ceci n'est pas un arbre mais le dos d'un arbre; cela n'est pas un nuage, mais le dos d'un nuage ! Ne comprenez-vous pas que tout nous tourne le dos et nous cache un visage ? Si seulement nous pouvions passer de l'autre côté et voir de face !

- Ah ! s'écria Bull, puissamment, le ballon descend !

Il n'était pas besoin de crier pour informer Syme de l'événement: Syme n'avait pas quitté le ballon des yeux. Il vit le vaste globe lumineux s'arrêter soudain dans le ciel, hésiter, puis descendre lentement derrière les arbres, comme un soleil qui se couche.

Gogol, qui n'avait guère ouvert la bouche de tout leur pénible voyage, leva soudain les bras au ciel, comme une âme en peine.

- Il est mort ! s'écria-t-il, et maintenant je sais que c'était mon ami, mon ami dans les ténèbres !

- Mort ! ricana le secrétaire. N'ayez pas cette crainte. S'il est tombé de la nacelle, attendez-vous à le voir se jouer dans l'herbe en cabriolant comme un jeune poulain.

- Il fera sonner ses sabots ! dit le professeur: ainsi font les poulains, ainsi faisait Pan.

- Encore Pan ! s'écria Bull, irrité: vous paraissez croire que Pan est tout.

- En effet, répondit le professeur; en grec, Pan signifie Tout.

- N'oubliez pas, observa le secrétaire, les yeux baissés, qu'il a aussi le sens de panique.

Syme s'était tenu là, sourd à toutes leurs exclamations.

- Je vois où il est tombé, dit-il brièvement. Allons !

Puis, il ajouta, avec un geste indescriptible:

- Oh ! s'il s'était laissé mourir, pour se jouer de nous ! Ce serait encore une de ses farces !

Il se dirigea vers les arbres lointains, avec une nouvelle énergie. Ses vêtements déchirés flottaient au vent. Les autres le suivaient, mais d'un pas hésitant, presque dolent.

Et presque au même moment, les six philosophes s'aperçurent qu'ils n'étaient pas seuls dans le petit champ.

À travers les labours, un homme de haute taille venait à eux. Il s'appuyait sur un étrange et long bâton, pareil à un sceptre. Il était vêtu d'un beau vêtement aux formes surannées, avec des culottes à jarretières. La couleur hésitait entre le gris, le violet et le bleu, nuance composite qu'on observe souvent dans certaines ombres de la forêt. Ses cheveux étaient gris-blanc, et quand on les considérait en même temps que ses culottes à boucles, ils paraissaient poudrés.

Il marchait très lentement et, n'eût été la neige argentée de son front, on eût pu le confondre avec les ombres des arbres.

- Messieurs, dit-il, une voiture de mon maître vous attend sur la route, tout près d'ici.

- Qui est votre maître ? demanda Syme sans bouger.

- On m'avait dit que vous saviez son nom, dit l'autre, respectueusement.

Il se fit un silence, puis le secrétaire demanda:

- Où est cette voiture ?

- Elle est sur la route, depuis quelques instants seulement, répondit l'étranger. Mon maître vient de rentrer chez lui.

Syme regarda à droite et à gauche ce bout de champ vert où il se tenait. Les haies étaient des haies ordinaires, les arbres n'avaient rien d'extraordinaire, et pourtant il avait l'impression d'être prisonnier dans l'empire des fées.

Il examina de haut en bas le mystérieux ambassadeur, mais tout ce qu'il découvrit fut que l'habit du personnage avait la couleur violette des arbres de la forêt, et son visage, les teintes du ciel, exactement: or, rouge et bronze.

- Montrez-nous le chemin, dit-il.

Aussitôt, l'homme tourna le dos et se dirigea vers un endroit de la haie où, par une brèche, apparaissait la ligne blanche de la route.

Sur cette route, les six voyageurs virent une file de voitures, comme il y en a aux abords d'un hôtel de Park Lane. Auprès de ces équipages se tenaient des valets vêtus de la livrée gris-bleu. Ils avaient tous ce maintien fier et solennel, très rare chez les serviteurs d'un simple particulier, et qui caractérise plutôt les officiers et ambassadeurs d'un grand roi.

Il n'y avait pas moins de six équipages, un pour chacun des pauvres déguenillés. Comme s'ils eussent été en habit de cour, les valets portaient l'épée au côté, et au moment de monter en voiture, chacun des amis de Syme fut salué d'un soudain flamboiement d'acier.

- Qu'est-ce que tout cela peut bien signifier ? demanda Bull à Syme au moment où ils se séparèrent. Serait-ce une nouvelle plaisanterie de Dimanche ?

- Je ne sais, répondit Syme en se laissant tomber sur les coussins; mais, si plaisanterie il y a, elle est de celles dont vous parliez: elle est sans malice.

Les six aventuriers avaient passé par bien des aventures, mais celle-ci avait ceci de particulièrement étonnant qu'elle était " confortable ". Ils étaient habitués aux catastrophes; ils furent stupéfaits de l'heureuse tournure que prenaient les choses. Ils ne pouvaient pas se faire la moindre idée de ce qu'étaient ces voitures, ils se contentèrent de savoir que c'étaient des voitures, et des voitures capitonnées. Ils ne savaient pas du tout qui était le vieillard qui les avait conduits; ils se contentèrent de savoir qu'il les avait conduits jusqu'à ces voitures.

Syme s'abandonnait au destin. Tandis que les roues tournaient, il regardait passer l'ombre fuyante des arbres. Tant que l'initiative avait été possible, il avait tenu haut son menton barbu. Maintenant que tout échappait à ses mains, il s'abandonnait. Bientôt, sur les coussins, il perdit conscience de l'heure et des choses.

Vaguement, insensiblement presque, il s'aperçut toutefois que la route était belle, que la voiture franchissait la porte de pierre d'une sorte de parc, puis gravissait une colline, boisée à gauche et à droite, mais soigneusement cultivée. Peu à peu, comme s'il sortait d'un sommeil bienfaisant, il se mit à prendre à toutes choses un singulier plaisir. Il y avait des buissons, et il s'aperçut-qu'ils étaient ce que doivent être des buissons, des murailles vivantes; car un buisson est comme une armée humaine, d'autant plus vivante qu'elle est plus disciplinée. Il y avait de grands ormeaux, au-delà des buissons, et Syme songea au plaisir des enfants qui pouvaient y grimper. Puis, la voiture décrivit une courbe, sans effort, sans hâte, et il vit une longue maison basse, tel un long et bas nuage du soir, baignée de la douce lumière du couchant.

Dans la suite, les six amis purent échanger leurs impressions. Ils ne furent pas d'accord sur les détails, mais tous convinrent que ce lieu leur avait, pour une raison ou pour une autre, rappelé leur enfance. Cela tenait au sommet de cet ormeau, ou à ce tournant du chemin, à ce bout de jardin pour l'un, et pour l'autre à la forme de cette fenêtre; mais chacun d'eux déclara qu'il se rappelait plus aisément cet endroit que les traits de sa mère.

Les équipages étaient parvenus à une porte large, basse, voûtée. Un homme portant la livrée des domestiques, mais avec une étoile d'argent sur la poitrine de son habit gris, vint les accueillir. Ce personnage imposant, s'adressant à Syme ahuri, lui dit:

- Des rafraîchissements vous attendent dans votre chambre.

Toujours sous l'influence d'une sorte de sommeil magnétique, Syme suivit l'intendant, qui monta un grand escalier de chêne.

Syme pénétra dans un appartement splendide qui paraissait lui avoir été spécialement réservé. Il s'approcha tout de suite d'un grand miroir, avec l'instinct des gens de sa classe, dans le dessein de rectifier le noeud de sa cravate ou de remettre de l'ordre dans sa chevelure. Mais il vit dans ce miroir un visage effrayant, tout saignant des écorchures que lui avaient faites les branches des arbres, avec ses cheveux blonds hérissés pareils à de l'herbe flétrie, et ses vêtements déchirés flottaient en longues banderoles.

Il se demanda alors comment il était arrivé dans ce château et comment il en sortirait.

En cet instant même, un valet habillé de bleu, attaché à sa personne, entra et lui dit avec solennité:

- J'ai préparé les habits de Monsieur.

- Les habits de Monsieur ! répéta Syme sardonique; je n'en ai pas d'autres que ceux-ci !

Et il relevait du bout de ses doigts les festons de sa redingote en esquissant un pas de cavalier seul.

- Mon maître, reprit le valet, vous fait dire qu'il y a bal travesti ce soir, et qu'il vous prie de revêtir les habits préparés pour vous. En attendant, il y a là du faisan froid et une bouteille de bourgogne que Monsieur voudra bien accepter, car le souper n'aura lieu que dans quelques heures.

- Le faisan froid, dit Syme songeur, est une bonne chose, le bourgogne est une chose excellente. Mais, vraiment, je suis beaucoup moins pressé de manger et de boire que de savoir ce que signifie tout ceci et de voir le costume qui m'est destiné. Où est ce costume ?

Le valet prit sur une ottomane une longue draperie bleu paon, assez semblable à un domino; sur le devant brillait un grand soleil d'or, et de-ci de-là étaient semés des étoiles et des croissants.

- Monsieur devra s'habiller en Jeudi, dit le valet, affable.

- En Jeudi, répéta Syme, toujours plongé dans ses méditations. Cela ne me paraît pas bien chaud.

- Oh ! Monsieur, cela est très chaud, cela monte jusqu'au menton.

- Soit, dit Syme avec un soupir. Je n'y comprends rien du tout. Je suis depuis si longtemps habitué aux aventures désagréables qu'il suffit d'une circonstance agréable pour me démonter. Mais il m'est peut-être permis de demander pourquoi je ressemblerai particulièrement à Jeudi en revêtant cette blouse verte, décorée du soleil et de la lune. Cette étoile et cette planète brillent les autres jours aussi. Je me rappelle avoir vu la lune un mardi.

- Pardon, Monsieur, dit le valet: la Bible a pris soin de Monsieur.

Et, d'un doigt respectueusement allongé, il attira l'attention de Syme sur un verset du premier chapitre de la Genèse. Syme le lut avec étonnement. C'était ce passage où le quatrième jour de la semaine est associé à la création du soleil et de la lune. Ici, du moins, on comptait les jours à partir du dimanche chrétien.

- Cela devient de plus en plus étrange, dit Syme, en s'asseyant sur une chaise. Qu'est-ce que ces gens qui fournissent du faisan froid, du bourgogne, des habits verts, des bibles ? Ne fournissent-ils pas autre chose encore ? n'importe quoi ? tout ?

- Oui, Monsieur, tout, répondit gravement le valet. Dois-je aider Monsieur à mettre son costume ?

- Oui, fit Syme impatienté, allez ! Mettez-moi ça sur le dos !

Mais, quelque dédain qu'il affectât pour cette mascarade, il se trouva étrangement à l'aise dans ce vêtement bleu et or et, quand on lui mit une épée au côté, il sentit que s'éveillait un rêve.

En sortant de cette chambre, il se drapa fièrement et rejeta sur son épaule gauche un pli de l'étoffe flottante dont l'épée dépassait l'extrémité inférieure. Syme marchait du pas héroïquement cadencé d'un troubadour.

Car ce déguisement ne déguisait pas: il révélait.

XV. L'ACCUSATEUR

□

XV. L'accusateur

XV

L'accusateur

En traversant un corridor, Syme aperçut le secrétaire, au sommet d'une haute rampe d'escalier. Jamais cet homme n'avait eu si noble mine. Il était drapé dans une ample robe d'un noir absolu, comme une nuit sans étoiles, traversée d'une large bande d'un blanc pur, comme d'un unique rayon de lumière. Ce déguisement avait un caractère de grande sévérité monacale.

Syme n'eut pas à faire un trop pénible effort de mémoire ni à consulter la Bible pour se rappeler que le premier des six jours est celui de la création de la lumière, séparée des ténèbres: symbole que ce vêtement imposait à la pensée. Et Syme admira combien ce simple vêtement blanc et noir exprimait avec exactitude l'âme du pâle et austère secrétaire. Cet amour inhumain de la vérité, cette sombre frénésie qui l'animait contre les anarchistes et qui l'eût fait passer pour un anarchiste lui-même ! Syme ne s'étonna pas que, même dans ce lieu d'abondance et de plaisance, les regards de cet homme fussent restés sévères. Il n'était pas de bière ni de jardin dont le parfum pût empêcher le secrétaire de poser une question raisonnable.

Mais s'il avait pu lui-même se voir, Syme aurait constaté que, pour la première fois, il se ressemblait, vraiment, à lui-même et à nul autre. Le secrétaire représentait le philosophe épris de la lumière en soi, originelle et sans forme. En Syme, il fallait reconnaître le poète, qui cherche à donner une forme à la lumière, à en faire des étoiles et des soleils. Le philosophe peut s'éprendre de l'infini; le poète aimera toujours le fini. Le grand jour, pour lui, ce n'est pas celui où naquit la lumière: c'est le jour où brillèrent le soleil et la lune.

En descendant ensemble le grand escalier, ils rencontrèrent Ratcliff. Il était vêtu tel un chasseur d'un habit vert printanier, illustré d'arbres qui entrelaçaient leurs branches. C'est que Ratcliff était l'homme du troisième jour, celui qui vit la création de la terre et de toutes les choses vertes. Son visage carré, intelligent, où se révélait un aimable cynisme, convenait à ce rôle.

Un autre couloir, bas de plafond et large, les mena dans un grand jardin anglais, tout illuminé de torches et de feux de joie. Là, dans cette lumière brisée et multiple, évoluaient d'innombrables danseurs aux costumes bigarrés, d'une fantaisie folle qui semblait chercher à reproduire toutes les formes de la nature. Il y avait un homme habillé en moulin à vent, avec d'énormes ailes, un autre en éléphant, un autre en ballon, allusions ceux-ci à des épisodes récents. Syme découvrit même avec un curieux frisson, un danseur déguisé en oiseau, avec un bec deux fois aussi grand que son corps, et il se souvint de l'oiseau bizarre, de ce problème vivant qui avait occupé son imagination, tandis qu'il courait le long de l'avenue du jardin zoologique.

Mais combien d'autres objets s'animaient dans ce jardin ! Il y avait un réverbère qui dansait, un pommier qui dansait, un bateau qui dansait. C'était comme si la mélodie endiablée de quelque musicien fou eût entraîné dans une gigue interminable tous les objets qu'on rencontre à travers les champs et les rues. - Bien plus tard, alors qu'il eut dépassé la maturité et quand il vécut dans la retraite, Syme ne pouvait voir un réverbère, un pommier, un moulin à vent, sans se demander si ce n'étaient pas là quelques témoins attardés de cette folle mascarade.

La pelouse était limitée, d'un seul côté, par un remblai de verdure, une sorte de terrasse comme on en trouve souvent dans ces parcs de style ancien.

Là, sept sièges avaient été disposés en croissant: les trônes des sept jours. Gogol et Bull occupaient déjà les leurs; le professeur prenait place. - La simplicité de Gogol-Mardi était heureusement exprimée par un costume où avait été dessinée la division des eaux: la séparation commençait au front et s'achevait aux pieds, en plis gris et argent, telle une ondée de pluie. Le professeur, qui portait le nom du jour où furent créés les oiseaux et les poissons, formes élémentaires de la vie, portait un costume violet-pourpre: les poissons aux yeux fixes et les étranges oiseaux qu'on y voyait foisonner signifiaient ce mélange d'insondable fantaisie et de scepticisme qui le caractérisait. Le vêtement du docteur Bull, dernier jour de la Semaine, était couvert de bêtes héraldiques, rouge et or, et au sommet de sa tête il y avait l'image d'un homme rampant. Il se carrait dans son siège, le visage épanoui d'un large sourire: c'était l'image de l'Optimiste, dans son élément.

L'un après l'autre, les pèlerins gravirent le remblai et, comme ils s'asseyaient dans leurs étranges sièges, ils furent salués par un tonnerre d'applaudissements: les danseurs leur faisaient une royale ovation; les coupes s'entrechoquaient, on brandissait des torches, des chapeaux à plumes volaient dans l'air. Les hommes à qui ces trônes étaient réservés étaient des hommes couronnés d'exceptionnels lauriers.

Mais le trône central restait vide.

Syme était assis à la gauche de ce trône et le secrétaire à droite.

Le secrétaire se tourna vers Syme en regardant la place vide et lui dit, en pinçant les lèvres:

- Nous ne savons pas encore s'il n'est pas mort dans la campagne.

Il se taisait à peine, que Syme aperçut, sur la mer de visages humains qu'il avait devant lui, une altération à la fois effrayante et très belle: c'était comme si, derrière lui, les cieux s'étaient ouverts. C'était simplement Dimanche qui avait passé en silence, comme une ombre, et pris possession du trône central. Il était simplement drapé d'un blanc pur et terrible et ses cheveux faisaient sur son front des flammes d'argent.

Longtemps - des heures - le grand ballet de l'humanité défila et dansa devant eux, aux sons d'une musique entraînante et joyeuse. Chaque couple de danseurs avait comme la signification d'un conte. C'était une fée qui dansait avec une boîte aux lettres, une jeune paysanne avec la lune... Et c'était à la fois absurde comme le conte d'Alice au Pays des merveilles, et grave et touchant comme une histoire d'amour.

Peu à peu la foule se dispersa. Les couples se perdirent dans les allées du jardin ou se dirigèrent vers les communs, où l'on voyait fumer de grandes cuves pleines d'un mélange bouillant et parfumé de vin vieux et de bière vénérable.

Sur le toit de la maison, isolé par une estrade en fer, un gigantesque feu de joie grondait dans un pot à feu, illuminant la campagne à plusieurs milles à la ronde. Sur les vastes forêts brunes et grises, il jetait les reflets attendris du foyer domestique et semblait porter de la chaleur jusque dans les régions désertes de la nuit supérieure.

Mais ce feu de joie aussi peu à peu s'éteignit; les couples vagues se pressèrent de plus en plus étroitement autour des grands chaudrons ou, riant et causant, disparurent dans les passages de cette antique demeure. Bientôt il n'y eut plus qu'une dizaine de promeneurs dans le jardin, puis il n'en resta que quatre. Enfin, le dernier danseur disparut en courant dans le château et en criant à ses compagnons de l'attendre. Le feu s'éteignit et, au ciel, les lentes étoiles brillaient, impérieusement.

Les sept hommes étaient seuls, comme des statues de pierre, sur leurs sièges de pierre. Aucun d'eux n'avait proféré une parole. Ils ne semblaient pas pressés de parler, se complaisant dans ce silence, écoutant le bruissement des insectes et le chant lointain d'un oiseau.

Puis Dimanche parla. Mais d'un ton si rêveur qu'on eût dit qu'il continuait une conversation interrompue, plutôt qu'il n'en commençait une.

- Nous irons manger et boire plus tard, dit-il. Restons ensemble quelque temps, nous qui nous sommes si douloureusement aimés, si opiniâtrement combattus. Je crois me rappeler des siècles de guerres héroïques, dont vous avez toujours été les héros, épopée sur épopée. Iliade sur Iliade où vous fûtes toujours compagnons d'armes ! Que ces événements soient récents ou qu'ils datent de l'origine du monde, peu importe, car le temps n'est qu'illusion. Je vous ai envoyés dans la bataille. Je restais dans les ténèbres, où il n'est rien de créé, et je n'étais pour vous qu'une voix qui vous commandait le courage et une vertu surnaturelle. Vous entendiez cette voix dans les ténèbres, puis, vous ne l'entendiez jamais plus. Le soleil dans le ciel la démentait, le ciel même et la terre, la sagesse humaine, tout démentait cette voix. Et moi-même, je la démentais, quand je vous apparaissais à la lumière du jour.

Syme eut un brusque mouvement. Mais le silence ne fut pas rompu et l'incompréhensible poursuivit:

- Mais vous étiez des hommes. Vous avez gardé le secret de votre honneur, bien que la création tout entière se transformât en instrument de torture pour vous l'arracher. Je sais combien près vous avez été de l'enfer. Je sais, Jeudi, comment vous avez croisé le fer avec Satan-Roi, et vous, Mercredi, comment vous avez proféré mon nom à l'heure du désespoir.

Il régnait un absolu silence dans le jardin illuminé d'étoiles, et le secrétaire se tourna implacable, les sourcils froncés, vers Dimanche, et l'interrogea d'une voix rauque:

- Qui êtes-vous ? qui êtes-vous ?

- Je suis le Sabbat, répondit l'autre sans bouger: je suis la paix du Seigneur.

Le secrétaire bondit sur ses pieds, froissant dans ses mains le drap précieux de son vêtement:

- Je comprends ce que vous voulez dire, cria-t-il, et c'est là précisément ce que je ne puis vous pardonner ! Je sais que vous êtes la satisfaction, l'optimisme et - comment dit-on encore ? - la réconciliation finale. Eh bien ! moi, je ne suis pas réconcilié ! Si vous étiez l'homme des ténèbres, pourquoi étiez-vous aussi Dimanche, cet outrage à la lumière ? Si vous étiez dès l'abord notre père et notre ami, pourquoi étiez-vous aussi notre pire ennemi ? Nous pleurions, nous fuyions, terrifiés, le froid du fer dans le coeur - et vous êtes la paix du Seigneur ! Oh ! je pardonne à Dieu son courroux, même quand ce courroux détruit des nations, mais je ne puis lui pardonner sa paix.

Dimanche ne répondit pas un mot; mais il tourna sa figure de pierre vers Syme, comme pour l'interroger.

- Non, dit Syme, je ne suis pas aussi féroce. Je vous suis reconnaissant, non seulement du bon vin et de l'hospitalité dont nous jouissons ici, mais encore des belles aventures où vous nous avez jetés et de maint joyeux combat. Mais je voudrais savoir. Mon âme et mon coeur sont calmes et heureux comme ce vieux jardin, mais ma raison ne cesse de gémir: je voudrais savoir !

Dimanche jeta un regard à Ratcliff, qui dit de sa voix claire:

- Il me semble cocasse que vous ayez été des deux côtés à la fois, vous combattant vous-même.

Bull dit:

- Je n'y comprends rien, mais je suis heureux. Je crois que je vais m'endormir.

- Je ne suis pas heureux, dit le professeur, la tête entre ses mains, parce que je ne comprends pas. Vous m'avez fait frôler l'enfer d'un peu trop près.

Et alors Gogol, avec l'absolue simplicité d'un enfant:

- Je voudrais savoir pourquoi j'ai tant souffert.

Dimanche ne disait toujours rien. Il se tenait immobile, son puissant menton appuyé sur sa main, son regard perdu au loin dans le vague.

- J'ai entendu vos plaintes l'une après l'autre, dit-il enfin. Et voici, je crois, qu'un dernier arrive, avec des plaintes aussi. Écoutons-le.

Une dernière flamme du grand pot à feu jeta sur le gazon une dernière lueur, qui s'allongea comme une barre d'or fondu. Sur ce rayon clair se détachèrent d'un noir intense les jambes d'un personnage qui s'avançait, tout de noir vêtu. Il portait un habit étroit à la mode de jadis et des culottes à boucles, comme en portaient les valets du château, mais au lieu d'être bleus, son habit et ses culottes étaient d'un noir absolu. Comme les valets, il avait l'épée au côté.

Quand il se fut approché tout près du croissant des Sept Jours, quand il leva la tête pour les dévisager, Syme, dans un éclair fulgurant, reconnut le large visage presque simiesque, les cheveux fauves et drus et le sourire insolent de son vieil ami Gregory.

- Gregory ! s'écria Syme en se levant à demi de son trône: le voici donc enfin, le véritable anarchiste !

- Oui, dit Gregory menaçant et se maîtrisant, je suis le véritable anarchiste.

- Or il arriva un jour, murmura Bull qui paraissait s'être endormi pour tout de bon, que les fils de Dieu étant venus se présenter devant l'Éternel, Satan vint aussi au milieu d'eux.

- Vous avez raison, dit Gregory en regardant autour de lui, je suis le destructeur. Je détruirais le monde si je le pouvais.

Un sentiment de pathétique qui semblait venir des profondeurs de la terre s'empara de Syme, et il parla d'une façon saccadée et incohérente.

- Oh ! s'écria-t-il, ô le plus malheureux des hommes, essayez d'être heureux ! Vous avez les cheveux blonds, comme votre soeur…

- J'ai des cheveux fauves, fauves comme le feu, dit Gregory, couleur de la fournaise où périra le monde ! Je pensais haïr toutes choses plus qu'aucun homme ordinaire ne saurait haïr une seule entre toutes les choses. Mais je vois maintenant qu'il n'est rien ni personne que je haïsse autant que vous.

- Je ne vous ai jamais haï, dit Syme tristement.

Alors, l'inintelligible créature jeta ces dernières clameurs:

- Ô vous ! s'écria-t-il, vous n'avez jamais haï parce que vous n'avez jamais vécu ! Je sais qui vous êtes, vous tous, depuis le premier jusqu'au dernier. Vous êtes les gens en place, les hommes au pouvoir. Vous êtes la police, les hommes gros et gras, souriants, vêtus d'habits bleus aux boutons de métal. Vous êtes la Loi, contre qui rien n'a prévalu. Y a-t-il âme pourtant vraiment vivante et libre, qui ne désire enfreindre la Loi, ne fût-ce que parce que vous n'avez jamais été brisés ? Nous autres, les révoltés, il nous arrive sans doute de dire bien des sottises à propos de tel ou tel crime du gouvernement. Mais le gouvernement n'a jamais commis qu'un seul crime: et c'est de gouverner et d'être. Le péché impardonnable du pouvoir suprême, c'est qu'il est suprême. Je ne maudis pas votre cruauté. Je ne maudis pas même (encore que j'eusse quelque raison de la maudire) votre bonté. Je maudis votre paix et votre sécurité. Vous voilà assis sur vos trônes de pierre, d'où vous n'êtes jamais descendus. Vous êtes les sept anges du ciel. Vous n'avez jamais souffert. Oh ! vous qui gouvernez toute l'humanité, je vous pardonnerais tout si je pouvais me persuader qu'une heure seulement vous avez connu l'agonie dont, moi...

Syme bondit, frémissant des pieds à la tête:

- Je vois tout ! s'écria-t-il, je vois tout ce qui est ! Pourquoi toute chose, sur terre, est-elle en lutte contre toutes les autres choses ? Pourquoi chaque être, si petit qu'il soit, doit-il être en guerre avec l'univers entier ? Pourquoi la mouche doit-elle livrer bataille au monde ? Pourquoi le bouton d'or doit-il livrer bataille au monde ? Pour la même raison qui me condamnait à être seul dans le Conseil des Sept Jours. C'est pour que chaque être fidèle à la loi puisse mériter la gloire de l'anarchiste dans son isolement. C'est pour que chacun des défenseurs de la loi et de l'ordre soit aussi brave qu'un dynamiteur et le vaille. C'est pour que le mensonge de Satan puisse lui être rejeté au visage. C'est pour que les tortures subies et les larmes versées nous donnent le droit de dire à ce blasphémateur: vous mentez ! Nous ne saurions payer trop cher, d'agonies trop cruelles, le droit de répondre à notre accusateur: Nous aussi, nous avons souffert. - Non, il n'est pas vrai que nous n'ayons jamais été brisés. Nous avons été brisés et roués sur la roue. Il n'est pas vrai que nous ne soyons jamais descendus de ces trônes: nous sommes descendus en enfer. Nous nous plaignions encore de souffrances inoubliables, dans le moment même où cet homme est venu nous accuser insolemment d'être heureux. Je repousse la calomnie: non, nous n'avons pas été heureux, je puis le dire au nom de chacun des grands gardiens de la Loi qu'il a accusés. Du moins...

Il s'était tourné de telle sorte que tout à coup il vit le grand visage de Dimanche qui souriait étrangement.

- Avez-vous jamais souffert ? s'écria Syme d'une voix épouvantable.

Le grand visage prit soudain des proportions effrayantes, infiniment plus effrayantes que celles du colossal masque de Memnon qui terrorisait Syme, au Musée, qui le faisait pleurer et crier quand Syme était enfant. Le visage s'étendit de plus en plus jusqu'à remplir le ciel. Puis, toutes choses s'anéantirent dans la nuit.

Mais, Syme crut entendre, du profond des ténèbres, avant que sa conscience s'y fût abolie tout à fait, une voix lointaine s'élever, qui murmurait cette vieille parole, cet antique lieu commun qu'il avait entendu quelque part:

- Pouvez-vous boire à la coupe où je bois ?

D'ordinaire, dans les romans, quand un homme se réveille, après un rêve, il se retrouve dans un lieu où, vraisemblablement, il a pu s'endormir: c'est un fauteuil, où il bâille, ou quelque champ, d'où il se lève moulu et fourbu. Le cas de Syme fut, psychologiquement, bien plus étrange, si tant est toutefois qu'il y eût rien d'irréel, terrestrement, dans son aventure. En effet, il se rappela bien, dans la suite, qu'il s'était évanoui devant le visage de Dimanche emplissant le ciel; mais il lui fut impossible de se rappeler comment il avait repris ses sens.

C'est tout juste s'il se rendit compte, peu à peu, qu'il était à la campagne où il venait de faire une promenade avec un aimable et communicatif compagnon. Celui-ci avait eu un rôle dans le rêve de Syme: c'était Gregory, le poète aux cheveux fauves. Ils allaient, comme de vieux amis, et étaient engagés dans une conversation sur quelque sujet de peu d'importance.

Syme sentait dans ses membres une élasticité surnaturelle, et dans son âme une limpidité cristalline. Ce sentiment planait, supérieur à tout ce qu'il disait et faisait. Il se savait en possession de quelque impossible bonne nouvelle, qui réduisait tout le reste au rang de banal accessoire, et pourtant, d'accessoire adorable.

L'aube répandait sur les choses ses claires et timides couleurs. C'était comme si la nature, pour la première fois, osât risquer le jaune et arborer le rose. La brise était si fraîche, si douce, que, certainement, elle ne venait pas de tout le ciel, mais seulement d'une fissure du ciel.

Syme éprouva un étonnement enfantin quand il vit se dresser autour de lui, des deux côtés du chemin, les rouges bâtiments irréguliers de Saffron Park. Il n'aurait jamais cru qu'il était si près de Londres.

Il suivit instinctivement une route blanche, où les oiseaux du matin sautaient et chantaient, et il arriva devant la grille d'un petit jardin. Là, il vit la soeur de Gregory, la jeune fille aux cheveux d'or, qui cueillait des branches de lilas avant le déjeuner, avec toute l'inconsciente gravité d'une jeune fille.

GILBERT KEITH CHESTERTON

Made in the USA
Middletown, DE
21 June 2023

32818728R00086